Mafarka el futurista

Filippo Tommaso Marinetti
Mafarka el futurista
Traducción de Julio Gómez

ARTE/HISTORIA

© Comunione Eredi Marinetti
Traducción del italiano: Julio Gómez de la Serna
Imagen de cubierta: F.T. Marinetti,
poema visual de *8 almas y una bomba*
Edita: Editorial Doble J, S.L.
C/ Concepción, 9-3
41003 Sevilla
Teléfono / fax: (0034) 954 41 53 68
www.culturamoderna.com
editorialdoblej@editorialdoblej.com
Depósito legal: SE-2361-2007 U.E.
ISBN: 978-84-96875-01-2

Printed by Publidisa

Índice

¡GRANDES POETAS INCENDIARIOS!

He aquí la gran novela explosiva que os prometí. Es polifónica como nuestras almas, y es, juntamente, un canto lírico, una epopeya, una novela de aventuras y un drama. Yo soy el único que ha podido atreverse a escribir semejante obra maestra, la cual morirá a mis manos un día, cuando el creciente esplendor del mundo haya igualado al suyo y la haya hecho superflua.

Para ignominia de los habitantes de Reuma y de Parálisis, esta obra mía grita al viento de la gloria como un estandarte de inmortalidad en la región más alta del ingenio humano, y mi orgullo de creador se siente satisfecho contemplándola.

No la defendáis: miradla, mejor, rebotar estallando, como una granada bien cargada, sobre las cabezas atónitas de nuestros contemporáneos, y después bailad, bailad un baile guerrero, removiendo el fango de su encharcada imbecilidad, sin hacer caso de su monótono rumiar.

Cuando les dije: «¡Despreciad la mujer!», todos me lanzaron triviales improperios como si fueran amos de prostíbulo, irritados por una redada policíaca. Sin embargo, yo no discutía el valor animal de la mujer, sino la importancia sentimental que se le atribuye.

Quiero combatir la voracidad del corazón, el abandono de los labios entreabiertos para beber la nostalgia de los crepúsculos, la fiebre de las cabelleras oprimidas de estrellas demasiado altas, color de naufragio... Quiero vencer la tiranía del amor, la obsesión de la mujer única, el gran claro de luna romántico que baña la fachada del Burdel.

Les grité: «¡Glorifiquemos la guerra!», y, desde aquel día, el miedo, loca mano de hielo, les revuelve las tripas, manoseándoselas bien adentro, entre el estómago angosto y las costillas frágiles. ¿Qué pintor sabrá llevar al lienzo el esplendente amarillo verde que anima sus faces, mientras van mascullando la letanía de la prudencia de las naciones y del desarme universal?

¡De cuando en cuando se lanzan el uno al otro los brazos al cuello para tomar aliento antes de despeñarse en masa contra nosotros, que somos el enemigo que hay que cazar, que cazar a toda costa!

¡Canalla grotesca y bajamente ilógica, ésta de tales adoradores de la Paz! ¡Nunca comprenderán que la guerra es la única higiene del mundo! ¿Y no soy yo quizás un bárbaro para algunos falsos devotos del progreso, los cuales, para no parecerse a los antiguos romanos, se han contentado con abolir la usanza del baño cotidiano?

Pero no perdamos tiempo en considerar la irremediable arenificación de sus cerebros, de los cuales el mar se aleja. Antes bien, divirtámonos viendo cómo su vil inercia, para espantarnos, se enciende con inesperados frenesíes. Algunos se estrellan contra nosotros, y su rigidez almidonada se descamisa por parecer salvaje. Otros visten de fiesta su estilo provinciano para reprobarnos solemnemente. Pero su estupidez pomposa apenas divierte a la muchedumbre desocupada, y, fuerza es decirlo, los menos tontos permanecen acurrucados y taciturnos, con la nariz metida en el vaso de su ignorancia.

¡Oh mis hermanos futuristas! ¡Mirémonos frente a frente! ¡Que yo sepa que en nada os parecéis a ellos! ¿Y podéis resignaros, pues, también vosotros, a permanecer hijos y esclavos miserables de la vulva? ¿Y queréis también vosotros destrozar el Futuro que se anuncia bramando, y el incalculable Porvenir del hombre?

En nombre del Orgullo humano que adoramos, yo os anuncio la hora próxima en la cual los hombres de amplias sienes y de mentón acerado parirán prodigiosamente, sólo con el esfuerzo de su voluntad exorbitante, gigantes de infalibles gestas... Yo os anuncio que el espíritu del hombre es un ovario ocioso... ¡Nosotros lo fecundaremos por vez primera!

F.T. Marinetti

I El estupro de las negras

¡Perro! ¡Escorpión! ¡Víbora cornuda! ¡Deja esa negra!... ¡Te prohíbo tocarle ni un cabello!... Pero ¿dónde se ha escondido mi primer capitán?... ¡Abdalá! ¡Abdalá! ¡Abdalá!

Se oyó un gemido de mujer herida y, con algún intervalo, el rumor de una lucha violenta, en un bosquecillo de higueras, a veinte codos bajo las almenas de la fortaleza desde lo alto de la cual Mafarka-l-Bar, rey de Tel-al-Kibir, vigilaba el recuento de los negros prisioneros, gritando órdenes a sus oficiales.

-¡Abdalá! -añadió el rey- está allá abajo, en el borde del terraplén... ¡Pronto! ¡Agarra por el cuello a aquel artillero, y arrójalo al foso!

Resonó un grito desgarrador, y, poco después, se oyó el golpe sordo y lejano de un cuerpo caído desde una gran altura a las piedras.

-¡Patrón, estás servido!

El gemido femenil se arrastró, debilitado, por el bosquecillo de higueras, y fue extinguiéndose poco a poco, mientras crecían el tintineo de las cadenas y el choclear de los pies desnudos en el polvo.

-¿Cuantos son nuestros prisioneros?

-Seis mil negros y cuatro mil negras. Pero llegan otros... He aquí la segunda columna que avanza.

-¿Y el botín?

-Tres ametralladoras, doscientos fusiles, cincuenta barriles de ron y quinientas mil latas de conservas... Hemos capturado trescientos toros, dos mil camellos y mil dromedarios... Hay, además, más de cuarenta mil jaulas de gallinas.

Y, entretanto, las bóvedas de las casernas, bajo las murallas, resonaban con griterío incesante de mujeres, cacareo de gallinas, ruido de canalla, salpicado a intervalos de sonoras blasfemias escupidas por los oficiales airados, que contaban indefinidamente a hombres y mujeres, machos y hembras, mientras pasaban de tres en tres, arreándoles adelante a fustazos.

Los relinchos de los caballos, los mugidos de las vacas, el rumor de las cadenas, el aullar de los negros bajo las varas erizadas de clavos, rompían a trechos el torrencial correr de aquel gran rebaño invisible, cuya marcha se podía seguir observando los nimbos de polvo que se levantaban al fondo del camino, como de muros en demolición. La atmósfera estaba cargada; una atmósfera incandescente y color ocre, en la cual las voces de los centinelas parecían hacer agujeros negros.

De cuando en cuando la brisa engendrada en el desierto se levantaba penosamente, como por el esfuerzo de un brazo extenuado, y ráfagas de hedor pasaban entonces por la ciudad. Era un hedor ácido y meloso, que azucaraba y arañaba a un tiempo las narices... Mafarka-l-Bar dilataba las suyas, todavía obstruidas por la arena levantada en la batalla, esforzándose para respirar aquel hálito fosforoso, que reevocaba en él la visión de innumerables cadáveres negros esparcidos por la llanura y quemados por el sol, en torno a la ciudad.

Venía de todos los puntos del horizonte aquel siniestro olor a carnaza; pero su virulencia acre y almizclada se exageraba terriblemente hacia el Oeste, allá sobre el trágico puente de Balambala, adonde llegaban arrastradas en aquel momento las famosas jirafas de guerra, bizarros monstruos de hierro y maderamen, cuyo cuello multicolor se alargaba desmesuradamente, y que avanzaban con andadura trepidante y tarda.

El general en jefe escuchó gran rato su traqueteo fragoroso e intermitente, que resonaba hasta en las entrañas de la ciudad, como una resaca de lava en las profundidades de las cavernas volcánicas. Después se asomó de nuevo entre dos merlones para interrogar otra vez a su primer capitán.

-¿Dónde está Muktar?

-También él está allí, sobre el puente de Balambala... ¿No ves su chilaba bermeja?... Hace arreglar por sus cordeleros la panza desgarrada de la jirafa de guerra mayor.

-¿Con qué la arreglan?

-Con corteza de palmito, mucho más sólida que el cuero proporcionado por el bandido de Sabatán. ¡Su avaricia de comerciante ladrón nos ha retardado la victoria esta mañana!

-¿Qué has hecho de ese traidor?

-Le hice encadenar durante el tumulto.

-No era necesario... Esa mala bestia no puede darme miedo, en verdad. Le pondrás en libertad en cuanto se cierren las puertas de la ciudad... La de Balambala debe permanecer abierta para los campesinos. Tú mismo vigilarás aquel pasaje y la prisión de Gogorrú. A propósito: ¿cómo va de apetito nuestro querido prisionero?

-Vuestro tío Bubassa ha comido esta mañana dos buenas escudillas de hallahuá y dos libras de karamendin.

-¡Bueno!... Abdalá, ve a decir a mi hermano Magamal que lance inmediatamente sus espías hacia los cuatro puntos cardinales y que vuelva, dentro de una hora, con noticias precisas.

Cuando el reloj de sol de la torre de Gogorrú señaló el mediodía, Mafarka-l-Bar subió a la terraza de la ciudadela, cuya mole caliza, deslumbrante al herirle los rayos del sol, parecía volar en el cielo como una nube, sobre los ondeantes penachos de las palmeras, entre un suave arrullarse de tórtolas.

Con ágil ademán libertó de la túnica de piel su torso bronceado, y, desnudo hasta la cintura, alzó al cielo los brazos tatuados con figuras de pájaros, cantando con su voz azul:
-¡Aláh! ¡Aláh! ¡Aláh!
Tenía la desenvoltura y la robustez de un joven invencible atleta, armado para morder, para estrangular, para derribar. Su cuerpo, demasiado sólido, demasiado vivo y casi frenético bajo una pelambre fulva y una piel escamosa, como de serpiente, parecía pintado con los colores de la fortuna y de la victoria, a semejanza del casco de una bella nave. Y la luz le adoraba apasionadamente, puesto que no cesaba de acariciarle los amplios pectorales, de tendones palpitantes, y los bíceps que parecían de encina, y la inquietante musculatura de las piernas, a la cual el sudor daba fulgores esplendentes.

Su franco rostro, de cuadradas mandíbulas, tenía el color de las más bellas terracotas; la boca era grande y sensual; la nariz, fina y más bien corta; su mirada, tenaz. Los ojos, de una hermosa negrura dorada de regaliz, flameaban violentamente al sol, muy juntos, como los de los animales de presa; pero, con frecuencia, parecían liquidarse bajo la franja de las pestañas, exagerando la palidez opaca de una frente tranquila, coronada de imperturbable voluntad por los cabellos abundantes, cortos y sembrados hasta cerca de las cejas.

-¡Aláh! ¡Aláh!-cantó una vez más, con su bella voz de sonoridades glaucas y transparentes, que parecía haber atravesado el mar.

Y aquella voz volaba raudamente de un continente a otro, sobrepujando el ondear multicolor de las cúpulas y los pináculos, las plazas hirvientes de muchedumbre y las majestuosas platabandas de verdura cerradas entre los diques de los bastiones, cuya blancura se interrumpía por las amarillas torres plantadas aquí y allá, repercutiendo hasta los límites del desierto el grito hierático:

-¡Aláh! ¡Aláh! ¡Aláh!...

Era aquélla la señal del reposo concedido por el general en jefe al gran ejército árabe, extenuado por la batalla de aquella mañana y borboteante ahora en las callejuelas angostas de la inmensa ciudad, como agua subterránea y amenazadora.

Casi no se veía aquel ejército, pero su sudor humeante y su hálito trágico se exhalaba en nubecillas -como por los agujeros de un incensario- allá, hacia el cielo, en donde la batalla aún continuaba.

En el cielo, un perseguirse de flechas verdes, un entrelazarse de negras lanzas, un estrellarse de incandescentes rocas sobre el pecho en fusión del sol, que erguido y magnífico en su desnudez, en el cenit, se defendía aún victoriosamente, haciendo remolinos en torno a su cabeza con una formidable cimitarra blanca.

-¡Aláh! ¡Aláh! -le respondió el hormiguero grisáceo de los soldados en los bastiones. -¡Aláh! ¡Aláh!- la muchedumbre de chilabas turquescas que pululaba en el mercado y en las terrazas sobrecargadas de metales relucientes, de animados tapetes, de jaulas de parleras aves.

La ciudad de Tel-al-Kibir había tomado, desde dos días antes, un aspecto insólito, imposible circular en las calles, rebosantes, plenas de multitud, por donde pasaban de cuando en cuando carros con hombres en pie, arracimados y bailoteando como haces mal atados.

Pero los tumultos de la muchedumbre empantanaban a cada momento caballos y vehículos, inmóviles, a pesar del esfuerzo de los furibundos conductores. Parecían, entonces, como islotes desarraigados y flotantes en el irrumpir de un torrente devastador.

Hasta las mezquitas habían sido invadidas, como todos los demás edificios, por las tribus del desierto, que huían ante los ejércitos arrolladores de Brafan-al-Kibir.

Pueblos enteros habían entrado por las puertas de la ciudad, transportando sus riquezas amontonadas en carros tirados por búfalos y afluyendo interminablemente de todas partes, como otros tantos arroyos que vertiesen en la misma cuenca.

Pero, de repente, una noticia triunfal corrió por todas las casas, haciendo latir de alegría todos los corazones, lo mismo que un viento impetuoso hace golpear las puertas.

Se decía por doquier que Mafarka-l-Bar había destronado a su tío Bubassa, con audaz golpe de mano, asumiendo con rapidez la defensa de la ciudad y el mando supremo del ejército.

Aquella tarde, las lanzas de los centinelas en los bastiones habían brillado súbitamente con esperanza de victoria que no debía ser defraudada.

En efecto, el pecho de Mafarka, más fuerte que un dique, había rechazado lejos el océano de betún que orlaba las colinas rojas, desfloradas en el horizonte por grandes nubes estriadas, enjoyadas de turquesas.

¿No le venían al encuentro, para rendirle los homenajes supremos, aquellos radiosos cetáceos aéreos, de esplendentes aletas, cuya elástica desenvoltura encantaba la mirada, y que navegaban voluptuosamente por el vasto cielo, hacia la ciudad de Tel-al-Kibir?

Y el viento le llegaba quedamente; un viento cálido y desnudo, de cuerpo melodioso, esmaltado de sales marinas, como un buzo; un viento equilibrista, que se descolgaba de un salto, pasando por cima de la ciudadela, y arrojaba a brazadas, a los pies de Mafarka, aromas de violetas, acres hedores y gritos rojos de marineros.

Era que la flota entera saludaba en Mafarka a su propio almirante, con todas sus banderas luminosas, lanzadas a lo alto en los cordajes y semejantes a las chispas de un incendio agonizante.

Mafarka dio lentamente la vuelta a la terraza, y de repente se volvió, como si un pajarraco nocturno le hubiera rozado con sus alas. Kaim-Friza, el jefe de los agricultores, estaba delante de él y se le inclinaba.

Recostado en la balaustrada, Mafarka hizo un movimiento de repugnancia al mirar a aquel sórdido enano que jadeaba dentro de su chilaba rojiza y enfangada, y que a golpes levantaba sobre los hombros una cabecilla rugosa de tortuga.

El rey no había podido nunca vencer el sentimiento de repulsión que le inspiraba aquel ser mezquino y astuto, aun cuando habían sido muy grandes los servicios que había prestado a la ciudad con su sabia legislación agraria.

-Quédate lejos de mí, amigo mío, porque apestas a estiércol... Y, ciertamente, tengo esta mañana las narices muy delicadas, después de todos los perfumes de cadáver con que Dios me ha regalado... ¡Ja, ja! Mis bromas te fastidian, lo sé...

Y bien: ¿Qué vienes a decirme?... Comprendo... comprendo...
¡Vendrás a suplicarme que la guerra termine para que el pueblo no pase hambre!... La miseria de los campos... Lo sé, lo sé todo... ¡y me importa un bledo!

Después, cogiendo a Kaim por un brazo:

-Ven aquí -exclamó-. ¿Viste, jamás, un país más fértil que éste? Mira qué bella campiña, vibrante bajo las miradas calculadoras y precisas del Sol. ¡Ah! verdaderamente el Sol es nuestro mejor agricultor... ¡el mayor y el más hábil agricultor de África!

-¡Je! ¡Je!... ¡Vuestra Majestad tiene derecho a burlarse, lo sé!

-¡Ciertamente, Kaim, ciertamente!... ¡quiero burlarme -y tengo derecho a ello! ¿Crees, tal vez, que este colosal amasijo de muertos puede turbar mi embriaguez?...

Tus discursos me aburren... ¡Ja! ¡Ja! ¿Tiemblas? ¿Tienes miedo? ¡Bah! ¡Bah! ¡No tengo ni una sombra de odio contra ti! ¡Y es que estoy muy satisfecho del botín!

...Un botín magnífico, ¿sabes?... ¡Doscientos fusiles, seis mil negros, cuatro mil negras, trescientos toros! ¿Cómo? ¿Te parece poco, quizás? ¡Si es que no comprendes nada! Si no, ¿de qué te lamentas? ¡La batalla de esta mañana ha acumulado en los campos imprevistos abonos! Todos esos montones de cadáveres negros, lustrosos, humeantes y casi liquidados sobre el verde polvoriento de las praderas, ¿no han de transformarse en otros tantos estercoleros de suntuosos reflejos de ébano, para alegrar los avaros ojos del Sol propietario... y los tuyos, mi primer ministro?

-¡Mafarka! ¡Mafarka! ¡Mi soberano!... ¡Piensa cuán ventajosa sería la paz para la construcción de los canales de riego que comencé el año pasado!

¡Oh! ¡Lárgate! ¡No me revientes con tus canales! ¡Amo la guerra! ¿Comprendes? Y mi pueblo la ama también. ¡Los hombres del campo pueden alimentarse de estiércol! ¡Son dignos de ello!; ¡Y el Sol, después de todo, se basta para labrar la tierra él solo! Calla y olfatea de buena gana el exquisito olor a pan caliente y a tierra arada... Se adivinan en él el espliego y el tomillo, y sobre todo la sangre coagulada... Una voluptuosidad nostálgica aguija mi cuerpo endurecido en los viajes y en la guerra, y mis labios resecos, que han olvidado la embriaguez de los besos, buscan en el aire el tierno perfume de una virgen... ¡Sí!, ¡quiero una virgen ardiente, elástica y vaporosa como aquellas velas que allá abajo, entre las sedas del mar, parecen caminar de hinojos! ¡Tanto las ha agotado el calor y tanto han gozado en los cojines de la inmensa alcoba de las aguas!

A estas palabras, Kaim se aproximó a Mafarka y murmuró cautamente:

-¿Quieres, rey mío, que te traiga aquí a Bihlah, la bella esclava de Bubassa?

Pero Mafarka le rechazó con duro gesto.

-¡Ja!, ¡ja! -sonrió-, había olvidado uno de tus innumerables oficios... ¡No! ¡Vete ya!

Y el rey no se dignó saludar, ni con un ligero ademán, al enano, que se alejó por el sendero de los reductos.

Una voz fresca y juvenil estalló entonces bajo la balaustrada.

¡Mafarka! ¡Mafarka!

Y el rey se asomó de nuevo, enrojecido el semblante por intensa alegría.

Era Magamal, su hermano adorado, que corría hacia él. Era el guerrero adolescente cuyo cuerpo de caucho botaba impetuoso, vivaz y acariciante, en la llama volante del polvo levantado.

Estaba casi desnudo, pues había echado hacia atrás la piel de onagro que un cinturón de cobre estrechaba sobre la esbeltez de sus flancos. Una voluntad febril hacia vibrar todos sus miembros enjutos, que tenían a veces gracias femeniles y palpitaciones de fiera en acecho.

-Y bien, Magamal, ¿han vuelto los espías? ¿Los has interrogado?-le preguntó Mafarka abrazándole.

-¿Quieres interrogarles tú mismo?-replicó el joven bajando lentamente las largas pestañas sobre sus grandes ojos de acero, cercados por una sombra azulada-. Nos esperan en la puerta de Gogorrú... Efrit y Asfur están aquí. -E indicaba dos admirables caballos, que un esclavo negro conducía por la brida.

Efrit, el mayor, era de una blancura deslumbrante, y tenia una silla de seda verde con grandes estribos de oro, ancho y poderoso el pecho, musculoso el cuello, bien curvado en forma de arpón; pequeña y graciosa la cabeza, iluminada por dos grandes ojos de goma negra y transparente bajo la caprichosa melena; anchas las narices, que olfateaban el fuego del desierto. Llevaba la cola larga, señorilmente arqueada como el asa de un ánfora preciosa, y sus flancos, incesantemente conmovidos por la palpitación de las venas, hacían pensar en saltos extravagantes y en galopes suicidas sobre un campo de batalla sin límites. Aquél era el caballo de guerra de Mafarka-l-Bar.

Asfur se parecía a Efrit como un hermano, pero era de pelo manchado, tenía una silla turquí, y mil gracias imprevistas en el movimiento de los cascos, y una tímida languidez en los ojos.

Mafarka le acariciaba amorosamente el pecho, mientras respondía a Magamal:

-No, tú debes saber por ellos lo bastante. ¿Qué han visto? ¿Han podido calcular las fuerzas de los negros?

¡Hermano! -dijo Magamal con angustia tendiendo las manos-. ¡Hermano! Estamos perdidos, porque nuestros enemigos son innumerables.

A estas palabras, Mafarka tuvo un violento sobresalto, abrió los brazos e, irguiéndose cuan alto era, como se blande una antorcha para esclarecer tinieblas llenas de insidias, gritó:

-¡Y bien: así es mejor! ¡No les temo! ¡Magamal! ¡Magamal! -exclamó estrechando contra su pecho al hermano-; ¡ay de ti si alguna vez se te ocurre temblar ante el peligro!

-¡Yo no tiemblo, hermano!

-¡Oh, ya sé que eres valeroso! Pero me da horror esa tu ridícula sensibilidad femenil que te lanza tal vez a locas exaltaciones y te aniquila poco después en debilidades infantiles... ¡Escúchame bien! Esas alegrías repentinas, esas inexplicables tristezas, has de arrojarlas de ti, hoy. Hermano mío... ya veo que tú no tienes mis músculos de catapulta para ahogar a un enemigo fingiendo abrazarle. A despecho de todos los esfuerzos de tu voluntad, tu cuerpo ha permanecido tierno y frágil como un jugoso cuerpo de doncella. Tus ojos, hechos para los besos, no son, como los míos, aterradores para los pajarracos de mal agüero; pero es menester endurecerlos y armarlos de garras, como los míos.

Caminaba a grandes pasos sobre la terraza de la ciudadela, horadando violentamente, con ávido gesto, la profundidad cárdena del horizonte, preñado de amenazas y de imposibles; y de cuando en cuando se volvía hacia su hermano, y, estrechándole dulcemente la cabeza entre las anchas manos, le miraba al fondo de los ojos, con la suave ternura de una madre.

Súbitamente, gritó:

-Los ejércitos de Brafan-al-Kibir nos rodean por todas partes. ¡Lo se! Lo he adivinado todo: hasta lo que no has osado decirme... Los cortejos sin fin de sus caravanas, que vienen de todos los puntos del África, como torrentes, a millares, hacia los ríos... Y los ríos engrosan y se multiplican para henchir el mar... ¿Qué digo, el mar?... ¡Es un océano tenebroso que debemos rechazar! Pero ¿qué importa?... Yo escupo sobre ellos todo mi desdén, les desafío a todos, con toda su caballería formidable y con la misma Gogorrú, la negra diosa de las batallas, que les guía contra nosotros. No podrán resistir a los fulgores hirientes de mi voluntad. ¿Qué piensas de ello, Magamal?

-¡Tengo fe en tu poder, hermano!

-¡Ten fe, mejor, en el tuyo y obedece solamente a tu alma, que arde en el deseo de domar a tu destino! ¡Sé el hijo devoto de tu ambición! ¡Está ahí, en tus ojos, la idea única que siempre llamea cuando todo duerme en tu alma! ¡La veo! ¡Se llama Dominación!

Entonces Mafarka aferró por los flancos a su hermano, con desenvuelto ademán, y lo alzó, erguido, entre dos merlones, diciendo:

-¡Mira, Magamal... mira allá abajo, en los confines de los arenales! ¿No ves torres rojizas y humeantes?... ¡Son las del reino de Faras-Magalla! ¡Ese reino es tuyo! ¡Yo te le daré, en cuanto la muralla de los ejércitos enemigos haya sido rota!

De repente, Magamal se libertó de los abrazos de su hermano, con la flexibilidad de una serpiente, y empezó a correr por la terraza, bailando y saltando. Su voz se había enronquecido de embriagadora angustia, y sus gestos desordenados parecían aventarla a todos los lados del horizonte.

-¡Mafarka! ¡Tú vencerás! ¡Estoy seguro! ¡Romperemos ese cerco de ébano y de tinieblas! ¡Gracias, hermano! ¡Lo has prometido! ¡Recuerda que has prometido darme una corona!

Y batía palmas, y todo su cuerpo se agitaba de alegría, como un estudiante en libertad a campo abierto.

-¡Ah, respiro! -gritaba aún-: ¡respiro con intensa voluptuosidad vuestro aliento de aceite apestoso, mis negros amadísimos, mis futuros súbditos!... Os siento ya en mi boca, os mastico con delicia, como a higos maduros... ¡Pronto os engulliré, sin escupir ni la piel! ¡Ja, ja!

Pero su hermano le interrumpió con grave gesto.

-Esta tarde -dijo- volverá a empezar la batalla, aún más terrible que esta mañana. ¡No olvides, si por acaso la fortuna se volviese contra nosotros, no olvides hacerte fuerte contra los estremecimientos de la desesperación! ¡Muérdete la lengua y también los labios, furiosamente, por tres veces... y bebe tu sangre como un licor exquisito!... Que también nosotros tenemos, como los dromedarios, una joroba para aplacar nuestra sed...

¡La tienes en el pecho y puedes beber cuanto quieras!... ¡He ahí el secreto de mi buen humor inalterable cuando la muerte me pone en jaque!

Después Mafarka, obscurecido el semblante, bajó la cabeza. Magamal observó que mascullaba palabras ininteligibles, gesticulando nerviosamente. A veces se mesaba los cabellos, se golpeaba la frente y las mejillas, con ira, como impaciente por encontrar la solución difícil de un problema.

Al fin, Mafarka se arrojó de bruces en el polvo y, volviendo a levantarse de un salto entrelazó las manos y, elevando los ojos al cielo, cantó:

-¡Sol! ¡Cráter de volcán! ¡Heme aquí ante ti! ¡Acércate... que sienta en mi pecho tu largo y cálido beso! ¡Viérteme tu lava en el corazón! ¡Inagotable fuente de valor, inúndame! ¡Sello de Dios, cierra para siempre el pergamino rugoso de mi pasado miserable, para que yo pueda desgarrar el velo de mi futuro! De ti... de ti espero la deslumbrante inspiración. Precisa, a toda costa, que yo rechace la inmensa marea negra de mis enemigos, con los tajantes espolones de estos muros graníticos, para que mi ciudad, inflando sus cúpulas como velas, navegue en el infinito azul, bajo sus soberbios minaretes rosados y mecidos por la embriaguez de la victoria, en el gran grito ultramarino del muezín... ¿Qué me pides a cambio de mi triunfo?... ¿Mi sangre, mi nombre, la sangre de mi pueblo y la de mi hermano? ¿Qué exiges? ¡Debo vencer! ¿Cómo lo conseguiré? ¿Qué me aconsejas?

El Sol se lanzó a galope sobre un montón de negras nubes; Mafarka, con el rostro hacia el cielo, gritó a su hermano:

−¡Magamal! ¡Magamal! ¡Alza lo ojos! ¿Has visto tú también el símbolo de los designios del Sol?

−Sí, hermano mío... Veo al Sol que galopa... ¡Su turbante de oro macizo se esconde detrás de urna cortina de nubes! ¿No es para darnos un consejo de astucia?

Entonces Mafarka prorrumpió en agudísimos rugidos de alegría, audaces y rojos como las ultimas flechas que ejército victorioso lanza contra los muros de una ciudad sitiada, antes de forzar las puertas.

−He comprendido, he comprendido, ¡oh Sol! ¡Me revelas las intenciones del enemigo y me anuncias que mañana los negros lanzarán toda su caballería contra las colinas de Gogorrú y sobre los flancos desarmados de mi ciudad! ¡Pero estaré yo allí antes que ellos! ¡Tu faz luminosa, que ahora se vela, me aconseja engañarles con una estratagema, a fin de que se exterminen entre ellos, con sus propias armas! ... Te lo agradezco, ¡oh Dios!

Después, volviéndose a su hermano:

-¡A caballo! ¡A caballo! -gritó-. ¡Ven conmigo, Magamal!

Y Mafarka saltó a la grupa de Efrit, y erguido sobre los estribos, defendiendo sus ojos con la mano tendida, exploró largamente los lejanos arenales. Al fin, espoleó cruelmente a su bella cabalgadura.

Asfur siguió a Efrit, y los dos emprendieron velocísima carrera, con saltos de cabra, agilidad de anguila y astucias simiescas, sobre los precipicios del sendero que descendía en rápida pendiente hacia los bastiones.

Un gran hálito de felicidad henchía los pulmones de Mafarka, mientras revistaba las legiones de sus soldados, aun polvorientos y humeantes, después de la batalla, pero bien alineados, alto y erguido el pecho, como sus lanzas, que flameaban al sol.

Precisamente, el dócil y disciplinado valor de aquellos hombres le había permitido, el día anterior, destronar a su tío Bubassa, el imbécil hidrópico cuya cruel idiotez había hecho posible acercarse a tantos terribles enemigos...

Su límpida mirada se fijaba en las filas para buscar los generales más ancianos, que se inclinaban en su presencia con retorcimientos de bestias hostiles y venenosas.

Pronto nos traicionarán, Magamal...-dijo sonriendo-. ¡Aun hay partidarios de mi tío!...

Y a poco, después de un silencio, exclamó:

-¡Será preciso que nos libremos de ellos sin perder tiempo! A ti te lo encargo.

De repente, un gran grito, de una tristeza suave y desgarradora, se levantó en la atmósfera tapizada de llamas... Era una voz de mujer; que semejaba fluir de una herida mortal, como una fuente de sangre, desconsolada de ser ignota y sin esperanza.

Efrit y Asfur se detuvieron de golpe, los dos, clavados en el suelo los ocho cascos y agitando febrilmente la cabeza.

¿Qué pasa, Magamal? -gritó Mafarka a su hermano, cuyo rostro tenía la palidez de las murallas fulgurantes al sol-. ¡Adelante! ¡Por aquí!

Y espoleó violentamente a Efrit, que saltó como un fleje, entrando en un tenebroso túnel. Magamal le siguió y, volviendo a la derecha, después a la izquierda, se lanzaron entrambos a galope tendido por un sendero cubierto que atravesaba oblicuamente el espesor del bastión.

El sendero descendía en rápida pendiente, como a un abismo, en el cual los dos animales cayeron absorbidos por la vertiginosa corriente de una velocidad siempre creciente.

Mafarka y Magamal oían en lontananza las imprecaciones multiplicadas por los ecos, suavizadas por la distancia. Pero al desembocar finalmente por un siniestro corredor en el fulgor estallante del Sol, un huracán de gritos y de rugidos les hirió de frente con tanta violencia que se detuvieron de golpe, rígidas sobre el terreno herboso, las patas de sus caballos.

En el inmenso foso blanco de cal, deslumbrante y sonoro como una cueva abandonada, un bosque de brazos se retorcía confusamente, bajo el acicate encarnizado de mil voces discordantes, que los muros titánicos reproducían con el ritmo y la monotonía de un incesante ondear.

Millares de marineros se agolpaban en aquel lagar, desmelenados, borrachos, desnudo el torso, cubierta de fango la cara y manchados los brazos de vino y de sangre.

Muchos de ellos se habían alineado en columna y caminaban, uno detrás de otro, cada cual empujando con los brazos extendidos al que le precedía, y todos, cara al Sol, golpeando cadenciosamente el suelo con los talones unidos, en un largo estremecimiento que les corría de pies a cabeza.

Y aquel rebaño humeante engrosaba de continuo, girando sobre sí mismo con creciente precipitación de clamores y gestos. Las bocas semiabiertas exhalaban agudos gemidos, en una melopea nostálgica, interrumpida de cuando en cuando por lúgubres aullidos, de una melancolía que embrutecía y embriagaba al mismo tiempo.

Tres veces Mafarka-l-Bar trató de vencer la vehemencia de aquel gentío circulante, para distinguir el centro misterioso. Al fin, irguiéndose sobre los estribos, vio que aquel extraño ciclón humano giraba alrededor de un pantano cubierto de putrefactas vegetaciones verdes y lleno de centenares de bañistas excitados hasta el delirio, del cual salía un hedor acre y pestilente de cáñamo, de orina, de sebo y de sudor.

El vocerío y la polvareda eran tan intensos, que la horda no advirtió la presencia de Mafarka. Este, espoleando a Efrit para hendir la muchedumbre tumultuosa, engallaba su torso, irritado, y su amplio pecho jadeaba en el esfuerzo de reprimir una cólera vehemente.

Veía realizarse todo cuanto había previsto, con angustia, durante la batalla de la madrugada.

¡Los equipajes de su flota se habían amotinado! ¡Los generales devotos de Bubassa traicionaban al nuevo rey!

Para inducir más fácilmente a la rebelión a los soldados y a los marineros, les habían atracado de vituallas, embriagado de bebidas alcohólicas, y ahora dejaban a su talante todas las mujeres arrebatadas al ejército enemigo.

Sobre los cuerpos de las jóvenes negras, tendidas boca arriba en las márgenes de aquel lago inmundo, centenares de guerreros, desnudos, se encarnizaban, en aquel momento, con furor epiléptico, mientras los otros esperaban en fila su turno.

Algunos capitanes, tambaleantes por la embriaguez, se empujaban unos a otros para acá y para allá, con movimientos grotescos y obstinados, esforzándose en imponer silencio y restablecer un poco de orden en aquel tumulto infernal, en donde naufragaban sus gestos como gaviotas con las alas tronchadas.

Mientras Efrit, a grandes empellones, avanzaba cada vez más entre la tempestuosa muchedumbre, dos hombres enteramente desnudos se aferraron ferozmente por los flancos, el uno al otro, con el brazo izquierdo, blandiendo cada uno con la diestra un largo puñal. Lucharon largo rato por derribarse; ¡pero la muchedumbre era tan compacta, las caras se adherían de tal modo la una a la otra, entre un chocar de narices, de puñales y de sexos coriáceos, mientras cada uno respiraba el odio y el aliento del vecino, que la Muerte famélica hubo de esperar!... Los dos luchadores, sudorosos, encajados los cuerpos, ondeaban en el enorme tumulto, y como no conseguían descargar sus puñales, se comieron los labios el uno al otro, golosamente.

Entonces, Mafarka-l-Bar no pudo contener más su ira largamente reprimida, e hinchando el pecho, lanzó su gran grito de guerra, «¡Mafarka, oh Aláh!», con una voz tan tonante, que todos los rostros, todos los ojos de la multitud se volvieron hacia él, lo mismo que el Sol, cuando despunta sobre el horizonte en el mar, llama a sí súbitamente las miradas de las olas.

Pero los dos luchadores no se separaban, y entonces el rey se alzó cuanto pudo de pie en los estribos y descargó un gran tajo con su cimitarra, entre las dos cabezas, como para hendir un árbol. Dos narices y dos brazos cayeron a tierra sanguinolentos. Por los tatuajes de que estaban cubiertos, Mafarka reconoció a dos de sus mejores capitanes.

Entretanto, el implacable estupro continuaba en el fondo de aquel foso maldito.

Muchos soldados se habían sentado en tierra, formando un gran círculo alrededor del lago. Acurrucados, con las piernas cruzadas, agitaban alternativamente el busto, adelante y atrás, batiendo palmas con sus manos, duras como castañuelas, para dar un ritmo al movimiento cadencioso de sus compañeros, en la faena lujuriosa.

Estos habían extendido en el cieno a todas las negras. Los vientres pulidos y lustrosos de las jóvenes, las mamas pequeñuelas de color de café tostado se retorcían de dolor bajo los pesados puños de los machos, cuyos dorsos bronceados subían y bajaban incansablemente entre el flic-flac danzante de las verdes algas.

Algunos cantaban fúnebres melopeas; otros mordían con furia las cabelleras femeniles, se detenían, llena la boca de cabellos ensangrentados, y permanecían largo rato de rodillas, contemplando los pobres ojos de sus víctimas, vueltos de dolor, de espanto y de lujuria.

Las mujeres se exaltaban de cuando en cuando en un placer tanto más áspero cuanto más involuntario, en el contradictorio estremecimiento de un espasmo forzado. Sus piernas negras y ágiles, de tibias esbeltas, se agitaban en el aire con movimientos convulsivos, serpenteantes, o se anudaban con chasquidos de fusta sobre el dorso del macho.

La más joven, de una elegante belleza, flexible y delicada, se llamaba Biba. Tenía la vida sutil, y sus flancos eran lúcidos y azucarados, color de vainilla, así que atraían a un tiempo al olfato y a los labios. Todo su cuerpo, convulso de histerismo, se retorcía, como tela mojada, sobre el cuerpo del macho que la poseía, y respondía con bruscos sobresaltos a los profundos golpes que le asestaba el miembro varonil.

Biba bajaba a cada golpe las pestañas sobre los grandes ojos negros, que parecían flotar en un licor dorado, y emitía gritos de dolorosa alegría, tan agudos y desgarradores, que llegaban a dominar sobre el tumulto que llenaba la cavidad sonora. Su voz ronca y violada imploraba lúgubremente las caricias.

-¡Mahmud! ¡Mahmud! ¡Mátame! ¡Oh! ¡me colmas de un cálido placer! ¡Llenas de azúcar y de miel la boca de mi gatita! ¡Y ella se siente feliz de hartarse así de golosinas!... ¡Sus labios chupan ahora un gran trozo de caña de azúcar ardiente, que se fundirá en seguida, de golpe!

Pero las otras, casi todas, callaban, sofocando sus gritos y siguiendo con mirada atónita, vacilante y pavorosa el agitarse de su vientre excavado por la fuerza del macho, como el agua del mar bajo el golpe del remo.

Sus amantes les hablaban con precipitación, irritados por aquel mutismo trágico, que juzgaban absurdo y ofensivo. Y aceleraban el alzarse y bajarse de las espaldas, excitándose unos a otros con irónicas bromas, con saltos de gimnasta y con carcajadas estallantes.

Alguna vez se levantaban muy por cima del cuerpo de sus víctimas y lanzaban a lo lejos la parábola de un salivazo, para volver a caer pesadamente, chafando sus labios sobre el hueco de la vulva, en donde lamían ruidosamente, como perros, mientras sus piernas se agitaban en el fango, salpicando de lodo a los espectadores, cuya hilaridad redoblaba.

En aquel momento, un gigante desmesurado levantó el hocico y el enorme pecho color de cobre fuera del cieno, en el que su hembra estaba casi completamente hundida, y pidió a grandes voces que le dejasen hablar.

Decía que iba a proponer una diversión extraordinaria; pero el vocerío era ensordecedor, y él exigía un silencio absoluto. Para obtenerlo danzaba bufonescamente sobre las rodillas, agitando los larguísimos brazos, que el peso de las manos enormes semejaba doblar, ya una parte, ya a otra, como ramas cargadas de grandes frutas.

Poco a poco todos se inclinaron sobre las márgenes del lago para escucharle. Le habían puesto de apodo Zib-al-Kibir por su miembro gigantesco, y su inagotable potencia genital le había hecho célebre.

Finalmente, con una voz sepulcral, aquel hombre habló:

-Debemos embarcarnos todos en el cuerpo de las negras y navegar así... ¡Figurémonos que estamos sobre las olas del mar y hagamos unas regatas! ¡Cada uno salga a bordo de su amante! ¡Yo tengo ya bajo la panza la mía y bogo magníficamente! ¡Mi remo es robusto!... ¡Oh! ¡Cómo se desliza! ¡Mirad! ¡Ahora mi barca negra está para hundirse! ¡Casi no se ve ya! ¡Es por ser terriblemente veloz! ¡Yo remo más fuerte y ella se hunde cada vez más en las aguas!... ¡Si! ¡Sí! ¡Boguemos todos! ¡Ninguno sabrá sobrepujarme! ¡Y se dará un premio a aquel que mate su barca antes que los demás! ¡Alah! ¡La mía no se mueve ya! ¡Peor para ella!... ¡Aun debe caminar!... ¡Ah! ¡Se desliza! ¡Se hunde!

Y la carnicería se hizo espantosa en las aguas cenagosas y en las márgenes, porque las imaginaciones de aquellos marineros delirantes veían allá abajo, en los linderos del lago, a través de la nube en ebullición de sus alientos, al Sol siniestro, en su chilaba de cal viva, acurrucado él también sobre la popa de una barca y con el pie en la barra del timón como un viejo piloto árabe que dirigiese la maniobra.

Pero ¿hasta cuándo debía dirigir aquellas regatas sangrientas, agitando su barba de vapor blanco e irritado, para activar la rabia de aquellos remadores sobreexcitados?

Mafarka-l-Bar fue sólo quien se propuso este problema terrible, y, para resolverlo mejor, hincó tres veces las espuelas en los flancos de Efrit, que dio un salto gigantesco y recayó sobre sus patas rígidas, en medio de la vasta marea de los dorsos obscenos.

El olor rancio del semen humano y de la sangre embriagaron a aquel terrible caballo de guerra, que pateaba rabiosamente en aquel montón de hocicos tumefactos y de cabelleras enmarañadas. Con su andadura danzante, alegre y desenvuelta, parecía divertirse con el crujir de los tórax, que maullaban y gemían bajo sus cascos herrados.

Pero a una enérgica sacudida de las riendas el bello animal se encabritó, pirueteó sobre sí mismo como una vela a un golpe de viento y se inmovilizó en el fango.

Entonces, irguiéndose sobre la silla, Mafarka-l-Bar blandió la cimitarra, fulgurante y recurvada sobre su cabeza como una aureola, y escupió alrededor, sobre aquella pestilente marea humana, su rabia babosa, sus náuseas, su denso disgusto.

-¡Perros sarnosos! ¡Rocines pustulosos! ¡Corazones con lepra! ¡Orejas de conejo! ¡Raza de escorpiones! ¡Gallinazas!... ¿No tenéis sino una úlcera que hiede en lugar de cerebro bajo vuestras frentes achatadas, para vomitar así, por la boca y por las hendiduras putrefactas de vuestros ojos, tanto pus venenoso? ¡Vulvas de mujeres encadenadas! ¡Ese es el único enemigo a quien os place combatir!... ¡Las habéis vencido, destripado, desgarrado! ¡Ja! ¡Ja! ¡En verdad que podéis sentiros orgullosos de ello!

Después extendió el puño, ferozmente crispado, hacia un corro de viejos perdidos en medio del enorme hormiguero de los soldados amotinados, y, alzando la voz, exclamó:

-¡Y sois vosotros los directores de este noble espectáculo!... ¡Os reconozco a todos, ilustres generales de Bubassa, más que nunca dignos de él! ¡Verdaderamente no esperaba nada mejor de vuestras mentes, más torcidas y más sucias que los rabos de los cerdos! ¡Heme aquí sobre el campo de batalla, en el que habéis obtenido vuestra más hermosa victoria!... ¡Quiero dar un nombre memorable a este lago; un nombre ya cubierto de gloria! ¡Le llamaremos el lago Bubassa! ¡Aquel gran rey lo aprobaría, de seguro, si estuviese aquí! ¡Y se divertiría tanto como vosotros, o tal vez más, al ver a las mujeres descuartizadas, destrozadas por una lujuria, sanguinaria!...

¡La lujuria de vuestros soldados se comprende!... ¡Pero vuestra bellaquería no tiene igual sino en vuestra impotencia! Sois dignos unos de otros, soldados y generales, porque de vuestro sexo habéis hecho vuestra espada preferida, ¡la única espada que sabéis manejar con arte! ¡Manejadla, pues, todavía para engendrar hijos de ramera, perros lamedores de vulva, como sois vosotros!

¡Pero, si no me engaño, ha sido para pagaros vuestra traición para lo que los capitanes os han regalado las mujeres! ¡Quieren empujaros contra mí de esa manera! ¡El pacto está claro, y ahora os toca a vosotros, soldados, mantener vuestras promesas! ... ¡Acometedme, pues, si tenéis valor para ello! ¡Matadme, ya que estoy casi solo en medio de vosotros! ¡Adelante! ¡Venid! ¡Pero temed, que no ha de ser tan fácil derribarme! ¡No soy una negra..., y ya tembláis todos al sonar de mi voz! ¡Oh, no temo vuestras mandíbulas de borrachones, agrietadas y vinosas como los vasos de las tabernas! ¡En cuanto a vuestras piernas, debilitadas por la lujuria, apenas podrían servirme como trapos para limpiar la cubierta de mis barcos! ¡Respondedme! ¡Acometedme! ¿No os atrevéis? ¡Peor para vosotros! ¡Obedecedme, pues, y huid! ¡No quiero derrochar más la fuerza de mis pulmones! ¡Me basta con escupiros! ¡Largo de aquí! ¡Retiraos! ¡Huid delante de mí! ¡Andad a cubriros de cadenas las manos y los pies! ¡Andad a dar descanso a vuestros riñones, esclavos de lupanar!

A estas últimas palabras taladrantes, un estrépito infernal estalló en el inmenso foso sonoro; un mugiente flujo y reflujo de espaldas, de cabezas ululantes que se estrellaban contra las murallas graníticas buscando una salida por acá, por allá, con el trágico desorden de un incendio nocturno.

El vapor de los alientos y los torbellinos del polvo subían hacia el cielo, y, sobrepujando la cresta de los bastiones, se rozaban de tristeza inefable en los rayos oblicuos del Sol.

Mafarka-l-Bar, alta la cabeza, blandiendo la cimitarra, se lanzó al alcance de los fugitivos, excitando al galope a Efrit, cuyas patas delanteras caían y recaían incesantemente como martillos sobre los dorsos arqueados y sobre los pies rápidos del tumulto que huía. Les siguió de un foso a otro, de una en otra galería, bajo las arcadas resonantes de la gran vía cubierta, cuyas profundidades vibraron con borboteos furiosos y lúgubres.

Al fin Mafarka moderó la andadura de su caballo, y escuchando debilitarse en lontananza, bajo la bóveda, aquel estrépito de terremoto, empezó a reír a mandíbula batiente con Magamal.

¡Oh! ¡El tumulto de los rebeldes ya no era peligroso! Efectivamente, siguiendo su inclinación natural, como las aguas de una inundación, corría allá, fatalmente, por las brechas de las casamatas o por los corredores subterráneos, encerrándose todo, poco a poco, en los inmensos soportales de las casernas.

Cuando el último de los fugitivos hubo pasado los umbrales de la puerta de Gogorrú, Mafarka alzó la mano y dio un grito agudísimo para llamar al centinela, que estaba inmóvil, encendido por el Sol como una antorcha, en la cima de la torre. En seguida los dos batientes de bronce volvieron a cerrarse, y los dos caballeros retrocedieron para entrar en los barrios bajos de la ciudad.

-Hermano -dijo Mafarka, de repente-, necesito esta noche los harapos fangosos de un mendigo... Me basta con una vieja chilaba mal remendada... Yo mismo completaré después el disfraz.

-Mafarka -respondió Magamal -, tendrás lo que deseas.

Y callaron entrambos, llevados velozmente por Efrit y Asfur a través de senderos serpenteantes hacia la explanada de los fuertes.

La ciudad se desplegó ante sus ojos con sus millares de minaretes navegando en el azul.

Detrás de los bastiones, el Sol libertó su cabeza roja del horrible sudario de nubes sanguinolentas que le rodeaba y se abismó hacia Occidente.

El mar entonces suspiró con descanso, voluptuosamente, bajo su gran abanico de rayos amarillos, mientras se extendía por la atmósfera empolvada de oro una masa enorme y tenebrosa de largos cabellos enmarañados: los cabellos estridentes y crepitantes, los cabellos estranguladores y lascivos de la noche africana.

Mafarka hizo un gesto pera alejarlos de sus ojos, y dijo:

-Magamal, ¿no es esta noche cuando debes reunirte, bajo su techo, con la divina Uarabeli-Charchar, de la cual aún no te has dignado abrir la alcoba nupcial?

-¡Oh! La felicidad podrá esperarme en sus labios hasta mañana... No quiero que se combata sin mí bajo los muros, y prefiero velar esta noche, tendido boca arriba, en la cima de la torre de Gogorrú, contemplando el terrible avispero de estrellas que despertarían la ambición hasta de los muertos.

-Hermano, te aplaudo que hables así la tarde de una batalla victoriosa... Veo que sabes, al par mío, encadenar tu sexo poderoso como un mastín que se desata solamente las noches de tempestad para defender de los ladrones la puerta de la esposa.

Y los ojos rapaces de Mafarka contemplaban con anhelo las verdes cúpulas de las mezquitas, que brillaban con cambiantes reflejos, en sus ilusorias piruetas, como derviches vagabundos vestidos de viento bajo la alta caperuza que canta.

De repente, un celeste minarete lanzó prodigiosamente por encima de sus cabezas como un gimnasta ambicioso, disparando lejísimo, en el blanco cielo del crepúsculo, el grito violeta del almuédano.

II La estratagema de Mafarka-l-Bar

No obstante el peso de los harapos mugrientos con los cuales se cubría, Mafarka-l-Bar hizo los dos tercios del camino a paso de carga. Pero se detenía bruscamente para cambiar de andadura en cuanto percibía ante sí las masas confusas de las alquerías empenachadas de plátanos. Entonces, envejecido de repente en más de cuarenta años, semejante en todo a un mendigo centenario, curvada la espalda y enmascarada la faz por el fango, atravesaba, cojeando, los dormidos pueblecillos que parecían contener la respiración bajo las estrellas incalculablemente lejanas...

Hasta los perros tenían miedo y no ladraban cuando aquel vagabundo extraño se rejuvenecía como por milagro, irguiendo el busto y volviendo a emprender su marcha veloz, al pasar delante de las últimas habitaciones.

El desbordamiento de las negras hordas había llenado de espanto las tinieblas africanas, en donde sólo el viento vivía aún, siempre atento a rastrillar la arena diligentemente, como si no hubiese la menor probabilidad de ver un pasajero en los solitarios caminos del desierto.

Pero aquel cuidado meticuloso de orden universal y de triste regularidad impacientaba progresivamente a Mafarka, que empezó a bailar alegremente, sin dejar de caminar, satisfecho de sentirse capaz de sorprendentes agilidades de mimo y de gimnasta.

Y andaba, andaba, desparramando sus gritos de embriaguez burlona en las tinieblas, como un rico viñador arroja a raudales el exceso de una vendimia superabundante, a los viejos mendigos cansados, cuyo peso hace ceder la empalizada de la viña.

-¡Oh! ¡Brafan-al-Kibir, mi enemigo, duermes aún, allá lejos, en los límites del horizonte brumoso! ¡Y no me sientes llegar! Te traigo un regalo magnifico y terrible: ¡te traigo mi cabeza, cerrada como un cofre! Pero ¡teme! ¡Ya! ¡Ya! ¡Guárdate de quien va dentro!... Al alba, estaré en tu campamento, porque tengo prisa por admirar tu gigantesca estatura y el áspero hincharse de tus pulmones guerreros, que nutres día y noche con este embriagador viento del desierto. Tu mirada desilusionada debe saber medir, mejor que la mía, los acontecimientos terrestres, desde la altura de las estrellas... Y yo te creo indiferente al mezquino placer de una victoria, que no podrá distraer tu infinita melancolía. ¡Sé bueno, querido Brafan al-Kibir y déjate vencer por mí!... ¡Es un capricho, una manía de niño! ¡Una manía que me tiene enfermo! ¡No tengo más que un solo deseo! ¡El de hollar tus grandes castillos de arena! ¡Oh rey del desierto! ¡Quiero hoy mismo tus reinos! ¡Los quiero! ¡Los quiero! ¡Para divertirme con ellos simplemente! ¡Qué alegría, poder extender mi alma inmensa a lo ancho y a lo largo en este inmenso desierto, lecho suntuoso y profundo del Sol, reposando en sus colchones de arena!

Mafarka-l-Bar siguió corriendo, arrastrado, como un ligero corcho, por la invisible corriente de su voluntad, sobre el tenebroso océano del desierto, entre las ondeantes colinas de las arenas levantadas.

Mas, como la ingenua aurora maravillaba, sonriendo, a las nubes aladas en el cenit, empezó a arrastrarse, con astutas lentitudes de ladrón, entre las grupas de las colinas rojas que huían desbandadas hacia todos los puntos del horizonte.

Del Oriente enrojecido salían largos reflejos de éxtasis amarillo, que se inclinaban amorosamente hacia la tierra, mientras al Occidente los pueblecillos blancos se teñían de rosa, bajo un cielo levemente violáceo.

El crecer de la luz y el calor precipitó la velocidad de los pasos de Mafarka entre las innumerables corolas de ilusión que florecían la arena aquí y allá.

De repente, sintió los mordiscos lancinantes del hambre, que lo guiaba, a su pesar, hacia el rojo aliento del Sol invisible... El astro salió, al fin, lejanísimo, allá abajo, de la boca humeante de las nubes, como un gran pan apetitoso y caliente, cuya corteza dorada crepitaba sabrosamente.

En aquel mismo momento, una ráfaga llevó hasta Mafarka un gran chocar de voces, estridores de ruedas y alegres relinchos de caballos.

Entonces, se arrojó a tierra, para mejor cubrirse de polvo la barba y las mejillas; después se sentó, con las piernas cruzadas, y sacó de bajo sus andrajos una larga tira de tela amarilla, sucia, que se lió con cuidado, a guisa de venda, alrededor de la rodilla derecha. Al fin, satisfecho, volvió a ponerse en camino, con el modo de andar de un mendigo cojo, y su espalda temblaba a las sacudidas de la pierna doblada, que cojeaba admirablemente.

Mientras alcanzaba así la cumbre de una colina, vio, a la vuelta del camino ascendente, todo un formidable ejército que se extendía a sus pies, cubriendo llanuras inmensas, ceñidas de las amarillas soledades arenosas y dominadas en lontananza, por Oriente, de las montañas caóticas de Bah-al-Futuk. Las anchas y altas grupas de aquellos montes huían como inmensas oleadas de ocre, una detrás de otra, ora avanzando en el desierto como promontorios, ora abriéndose como golfos profundos que el desierto invadía con sus verdes oasis y con sus terrizos poblados erizados de cactus. A la izquierda, la llanura se alargaba mucho más, y sólo a una distancia de quince o veinte leguas se veían sonreír los dientes lúcidos y azules del mar.

En el cerco de aquel grandioso horizonte, formado por la línea fascinante de la playa y del pomposo ondear de los montes, las hordas innumerables de Brafan-al-Kibir aparecieron súbitamente a la vista de Mafarka.

Se componían casi enteramente de caballería, y se desenvolvían hasta el infinito sobre las ondulaciones del terreno, como una enorme serpiente boa, manchada, por el diverso color de los caballos, de blanco y de negro.

La bruma de la mañana velaba los rojos matorrales espinosos de las lanzas, los claros reflejos de los escudos, el enmarañamiento níveo de las crines, y por todas partes, las tiendas obscuras del campamento, semejantes a vampiros clavados al suelo por las puntas de sus alas membranosas.

El gran ejército parecía descansar bajo gigantescas columnas de humo que se elevaban acá y allá, los torsos de las cuales se dilataban, formando mamas monstruosas y brazos de cariátides para sostener el frontón del cenit, completamente blanco.

Surgían aquellos humos, perezosamente, de siete enormes calderas, cuyas panzas de cobre aplastaban llamas rastreantes y violadas, que gemían como víctimas.

Negras, vestidas de lana bermeja, bailaban en torno a las hogueras, gritando todas juntas con una precipitación ensordecedora. Estaban casi todas armadas de largas horcas de madera que inmergían de cuando en cuando en las calderas verdes y viscosas, para vigilar la cochura.

El hervir de la mezcla que las calderas contenían y el crepitar de la leña ardiendo se mezclaba con el rumor de herrajes de las voces, bajo las contorsiones del humo enorme que se abatía al suelo, escondiendo a trechos la diabólica ronda. De allí salió de improviso un guerrero colosal, que se adelantó a grandes pasos hacia Mafarka, diciendo:

-¿Que buscas aquí, mendigo piojoso, adivino del pasado, romancista mudo? ¿Qué viento desgraciado ha empujado tu inmunda osamenta hasta el campo de Brafan-al Kibir?

Por las plumas color de fuego que ondeaban en la melena agitada de aquel guerrero, por las innumerables conchillas que tictaqueaban en su cuerpo de carbón, tatuado de lunas azules, Mafarka reconoció en él a uno de los generales del ejército de los negros.

Entonces exageró el catarro de su garganta, balbuceando una respuesta incomprensible.

-¡Habla más fuerte! -gritó el capitán-. Y, ante todo, inclina la frente a tierra, bendiciendo tres veces mi nombre. ¿No sabes mi nombre? ¡Ah, insecto vil! ¡Te mandaré dar cien palos en la planta de los pies si no lo dices inmediatamente! ¡Su! ¡Apresúrate! ¿Qué haces ahí, tembloroso y atontado, con ese hocico enfangado, con esos ojos legañosos y estúpidos? Pero tengo lástima de tu debilidad y me digno decirte yo mismo

quién soy. Sabe que me llamo Muláh y que mando uno de
nuestros cuatro ejércitos. ¡Sabe, además, que todos me admi-
ran y me temen, de un lado a otro del desierto!

Al oír estas palabras, Mafarka se arrojó a tierra; con la
cara en el polvo; después levantó tímidamente la cabeza para
decir;

-¡Oh! ¡Que Aláh bendiga mil veces tu nombre! ¡Vengo del
Mar Amarillo y he caminado tres días enteros sin comer otra
cosa que una flaca tajada de garza y mucha, mucha arena!...
Ahora, muero de hambre y sed... Pero podré pagar cualquier
alimento que me deis con las bellas historias maravillosas que
sé... Soy adivino y romancista por oficio...

-¡Alzate!... -dijo Muláh- y ven conmigo. Te conduciré a la
presencia de nuestro supremo general, Brafan-al-Kibir, que
quizás consienta en acogerte bajo su tienda de seda recamada
de oro y perlas.

Dicho esto, el capitán negro volvió las espaldas y se encami-
nó, seguido de Mafarka, hasta el frente del ejército. Marchaba
a saltos sobre la arena ardiente, pasando con impulsos ágiles
y cadenciosos por medio de las calderas, cuya línea humeante
costeaba el campamento.

Y Mafarka jadeaba detrás de él arrastrando el cuerpo,
tambaleándose y fingiendo caerse a cada instante, porque las
piernas, deshechas de cansancio, se le doblaban.

Alguna vez se restregaba penosamente con la palma de la
mano los ojos, quemados por el polvo, que tenía medio cerrados, para fingir una dolorosa purulencia de los párpados.

Un fuerte olor a pimienta, a orina, a incienso y a canela
venía sobre los lentos soplos del viento, que levantaban sus
mantos de arena y los bajaban, acostándose aquí y allá, como
lo hacen los peregrinos en el templo de la Meca.

Mafarka había andado unos doscientos pasos, cuando se levantó ante él una enorme tienda roja y negra, inflamada por el reverberar de las arenas.

La geometría irritada y truncada de aquella tienda real rompía el incandescente turquí del cielo, y los paños color marrón, sobrecargados de abalorios verdosos e hinchados por el viento del desierto, parecían, en ciertos momentos, cascos de lancha viejos, cubiertos de algas y musgos.

Sobre el solio estaba erguido un negro colosal, completamente desnudo, desde la maciza cabeza a los pies grandísimos, Su espesa cabellera hacía fluctuar con gracia todo un jardín multicolor de plumas de avestruz y de pavo real, y tenía en la mirada y en los modales un aire de elegancia desenvuelta, a un tiempo aristocrática y gitanesca, que seducía inmediatamente.

En los lóbulos de las orejas llevaba dos pequeños discos de madera aromática.

Aquél era Brafan-al-Kibir, el supremo capitán, que vigilaba personalmente el trabajo de una veintena de soldados, sentados en tierra y aplicados a impregnar de amarillos venenos los hierros de las lanzas.

Muláh cruzó los brazos sobre el pecho y se inclinó ante él. Después de haber cambiado en voz baja algunas palabras, los dos capitanes, con un ademán, invitaron a Mafarka a adelantarse, y después desaparecieron bajo la tienda.

Mafarka se escurrió detrás de ellos por la abertura triangular y se halló en una penumbra rojiza y cálida, en la cual se agitaban, tendidas en tierra, muchas figuras de guerreros.

Otra abertura en el fondo de la tienda daba directamente al camino central del inmenso campamento, que se extendía hasta tocar allá abajo, muy lejos, los montes color ocre de Bab-al Futuk. Aquella amplia vía era trillada a los dos lados por un océano de grupas blancas y negras de los caballos, cuya espuma volante, cuyas crines salvajes, cuyo enorme olor dulzacho y cuyos entusiastas relinchos parecían inflar la tela de la tienda. A una orden de Brafan-al-Kibir fueron abiertos otros agujeros triangulares, así que Mafarka pudo distinguir a los generales negros acurrucados, con las piernas cruzadas sobre las esteras, en círculo alrededor de él.

Todos se parecían a Muláh por su rostro, que relucía bajo los cabellos, como un metal cubierto a medias por la ganga; pero sus cuerpos ostentaban una extraña variedad de negros. Había allí pechos de una negrura oleosa y pestilente, sembrados de grandes vellos, manos de dura pimienta, grisácea y seca, espaldas de café, bíceps llenos de excrecencias como trufas, pies semejantes a grandes patatas de forma aplastada, pies escamosos, callosos, retorcidos como raíces o ramos mineralizados.

Brafan-al-Kibir observaba atentamente una gran jabalina en forma de langosta, cuyo vientre hueco llenaba con cuidado Muláh, vaciando dentro el contenido verdoso de una ampolla de arcilla. Después se convenció con satisfacción de que las pinzas, perforadas por un canalillo capilar, no estaban obturadas, pues en su punta florecía una gotita verde cuando agitaba el arma siniestra. Mafarka reconoció entonces en aquel líquido el veneno de las calderas, que debía, así, destilar en las heridas y producir una inmediata descomposición.

Otras jabalinas, hechas a guisa de escorpiones y mazas como tortugas de concha tajante, le interesaban igualmente; pero habiendo notado de repente que Brafan-al-Kibir tenía fija en él una mirada escrutadora y feroz, murmuró con voz nasal y lamentable:

-Gran capitán de los negros: ¿quieres colmar de felicidad a tu miserable servidor, dándole un poco de agua pura para que pueda lavarse los ojos? ¡Su escozor ha llegado a ser insoportable!

Brafan-al-Kibir se volvió hacia el fondo de la tienda y dijo:

-Yacub, ocúpate un poco de los ojos de este mendigo...

Avanzó un viejo negro, el cual, después de haber clavado su ganchuda nariz de buitre en los ojos de Mafarka, dijo:

-El simún te ha comido los ojos. No tendrás mucho tiempo aún la dicha de contemplar el Sol. Pero te daré algunas gotas de Rahan, que aliviarán tu dolor.

Después desapareció en un obscuro rincón, para volver a aparecer al momento trayendo una redoma amarillenta.

-Aquí dentro hay cosas óptimas: agua de rosa, agua de lechuga, esencia de iris y otras plantas.

Después, como Mafarka se había arrodillado con la cabeza vuelta hacia atrás, Yacub le hizo caer lentamente un hilo sutil de líquido blancuzco en el ángulo del ojo derecho.

Pero antes de que aquel líquido le tocase, el paciente se contorció y tembló, emitiendo un grito tan desgarrador, que todos los capitanes negros saltaron en pie, gritando en contra suya y cubriéndole de irónicas injurias.

-¡Su! ¡Aguántate y no grites, vieja carroña, y apresúrate con tu historia si quieres que Brafan-al-Kibir te dé de comer!

Entonces Mafarka se alzó lentamente y fue a sentarse junto a Muláh; después agitó dos veces, adelante y atrás, el busto, diciendo:

-¿Quieres, gran rey de los negros, que te cuente la divertida historia del mercader de caballos, del pez relleno y del Diablo?

-¡Cuenta! -respondió Brafan-al-Kibir-.

-Se trata de Mafarka-l-Bar -empezó entonces el narrador, con una voz que parecía rota por el asma y velada por un catarro senil-. Porque quizás no sepáis que el rey de Tel-al-Kibir fue en el pasado un simple mercader de caballos de la feria de Rilambur. En verdad que era riquísimo y muy estimado entre todos los mercaderes por el gran número y por la belleza de los animales que manoteaban a su alrededor mientras contaba, con el cálamo entre los dedos, sentado en su esterilla, vestido con su bella chilaba de seda violácea... Un Demonio, disfrazado de rico negociante, habiéndose mezclado un día en la confusión de la feria, se paró de repente, presa de gran admiración, delante de uno de los caballos de Mafarka, que atraía todas las miradas por sus colores verdaderamente extraordinarios. Era un soberbio garañón, negro por completo, pero con las crines y la cola rojas como dos antorchas encendidas...

-Y su zib, ¿cómo era?-dijo Brafan-al-Kibir, mordisqueando el largo bambú de su pipa.

Todos los negros prorrumpieron en una ruidosa carcajada, y los estremecimientos de los cuerpos tendidos hicieron crujir sus miembros secos y rugosos entre los abalorios y las vainas de cuero colgadas de la cintura...

-El zib... -respondió el narrador sonriendo-, el zib de aquel caballo era de color púrpura. ¡Pero tenía la punta empedrada de zafiros, como aquel con que sueñan las doncellas de Tel-al-Kibir la víspera del matrimonio!

Un enorme flujo de hilaridad acogió estas palabras, y se propagó, fuera de los negros que estaban en la tienda, hasta los caballos de guerra, que relincharon fogosamente de alegría en el fulgor descamisado del Sol.

-Así, pues -continuó el falso mendigo, alzando la voz-, el Demonio pagó, sin regatear, tres mil piastras; después saltó sobre la silla y se lanzó a la carrera fuera de la ciudad. Pero pronto se dio cuenta, con espanto, de que las crines y la cola del animal se encendían con el viento, así como de que repartían por todas partes el incendio al pasar por las callejuelas de los poblados, cuyas casas hacen panzas que casi se tocan... Entonces el Demonio quiso pasar a nado los ríos; pero su garañón no se apagaba, ¡aunque casi se sumergía en las profundas aguas! ¡En las florestas que atravesaba a galope, excavaba un agujero ardiente como las fauces de un horno! Corría el mes de abril, cuando las bestias tienen necesidad de copular..., y aquel garañón no encontraba jumenta que no quisiese cubrir. Embriagado con el olor de la vulva húmeda, agitaba sus ardientes crines contra los costados de la hembra, que se estremecía al calor, caracoleando terriblemente... Así, el Demonio, aunque excelente caballero, fue arrojado de la silla tres veces... ¡La tercera vez se rompió un brazo!

Furibundo al verse tan malparado por culpa de una cabalgadura que le había costado cara, el Demonio regresó a Rilambur y corrió a invitar a comer a Mafarka-l-Bar. Después, cortó el zib al garañón, le hizo cocer y ordenó que fuese servido a la mesa, la tarde prefijada, en la sala de su palacio, cuyas ventanas aspiraban el hálito verde y la frescura salada del mar.

Los cocineros rellenaron el zib con leche cuajada y lo condimentaron con violetas y canela, de tal modo, que un olor cálido y exquisito embriagó voluptuosamente toda la casa. Y por la noche, las sirvientes, excitadas por aquel olor, ponían el oído a la puerta de la sala del convite, haciendo chasquear la lengua y frotándose los pezones para vencer el demasiado dulce prurito...

-¡He aquí un pez admirable! -dijo el Demonio a Mafarka, cruzando las piernas delante de la estera sobre la cual resplandecía el transfigurado zib en una bella vasija de oro cincelado-. ¡He aquí un pez de forma desconocida que tiene un sublime sabor! Puedes comértelo entero, porque yo he comido esta mañana otro igual, y no querría aminorar, repitiéndole, el placer experimentado.

Mafarka no se hizo rogar, y, cogiendo con las dos manos el pez fingido, comenzó a empujárselo lentamente a la ancha boca, trinchándolo con los dientes como se come un plátano. Cuando se le hubo comido entero, poniendo los ojos en blanco por la embriaguez de una gran felicidad, empezó a bufar ruidosamente con toda la fuerza de sus pulmones... ¡Era preciso abrir todas las ventanas! ¡Hace demasiado calor! ¡Todavía hace demasiado calor! ¡No hay aire esta noche en la ciudad! ¡Tampoco en el mar! ¡Este golfo es demasiado estrecho! ¡Mejor estaríamos desnudos! ¡Desnúdate! -dijo al Demonio, que enseguida obedeció-.

Después, Mafarka se arrojó sobre las siervas que estaban quitando la mesa, una después de otra, sobre los colines, riendo como loco. También ellas reían y gritaban:

-¡Anda! ¡Anda ya, caballito! ¡Mete sólo la cabeza en mi pequeño pesebre! ¡Ay! ¡Solamente la cabeza! ¡Sí! ¡Sí!

Y la violencia de Mafarka crecía según pasaba de una en otra... De repente, se lanzó furibundo sobre el Demonio, rugiendo:

-¡Tu palacio me pertenece! ¡Vete de él! ¡Si no te vas, te desfondo las nalgas!...

Su miembro se había alargado tan extraordinariamente en el ímpetu agresivo, que el Demonio, asustado, huyó del propio palacio y no osó volver a entrar en él.

Después de haber satisfecho a una veintena de domésticas y a otras tantas bellas esclavas, Mafarka-l-Bar, sintiéndose fatigado, quiso dormir al fresco del mar e hizo disponer un mórbido lecho en la terraza que daba sobre el muelle del puerto... Los veleros que allí estaban anclados casi tocaban a la muralla del palacio, y sus palos, sobrepasando la balaustrada, formaban un techo pintoresco de telas coloridas y de madera olorosa sobre el lecho improvisado. Mafarka se acostó voluptuosamente; ¡pero su sexo interminable, de once metros de largo, era demasiado molesto!... Y pensó arrollarlo con cuidado, como una maroma, junto al lecho; después, se durmió profundamente.

Acaeció que, a la mañana siguiente, un marinero, cuyos ojos estaban todavía ofuscados por el sueño, se engañó, tomando aquel miembro por una soga, y lo ató sólidamente a la tela de un trinquete; después lo lanzó todo por cima del parapeto a los marineros que estaban a proa del velero, y éstos comenzaron a tirar a compás, gritando: «¡Iza! ¡Iza!», para amainar. De repente, el desmesurado zib comenzó a enderezarse, levantando altísimo y desplegando el trinquete, que se llenaba de viento, bamboleándose... Y Mafarka, que aun dormía, fue arrastrado así y navegó sobre las olas del mar con su miembro rígido como un árbol vibrante, bajo la vela hinchada de brisa favorable. Se asegura que arribó muy pronto a Tel-al-Kibir, en donde el rey Bubassa, excitado por tan maravillosa aventura, quiso experimentar personalmente la virtud de un zib milagroso hasta tal punto. Mafarka-l-Bar, según parece, se apresuró a satisfacer al rey, y, aprovechando la postura de sumisión que había adoptado, le amordazó, le encadenó, ¡y le arrebató el cetro!

-¿Y qué fue del caballo del Demonio? -interrumpió Brafan-al-Kibir.

43

-Galopa por el desierto en busca de su zib... ¡De seguro le habréis visto, al caer de la tarde, saltar en el arco del horizonte, agitando sus crines llameantes e inundando los valles con las fuentes de sangre que brotan de su vientre! ¡El caballo del Demonio parece especialmente atraído hacia los grandes campamentos de caballería, a los cuales da vueltas a la carrera, trazando un inmenso círculo rojo con la onda inagotable de su sangre, que produce por doquier la peste y la muerte! Ponte en guardia, gran capitán de los negros, porque esa bestia, enfurecida por el más desgarrador de los espasmos, no conoce obstáculos a su impulso condenado. Se han visto ejércitos enteros agonizar y perecer, hombres y bestias, pocas horas después de pasar por su frente el terrible caballo del vientre rasgado...

Quizás lo veréis, dentro de poco, allá abajo, sobre la línea sinuosa de la playa.

Oídas estas palabras, todos los guerreros negros salieron en gran tumulto, adelantando sus negras cabezas crespas por la abertura triangular de la tienda. Pero no vieron más que el Sol llameante e inclinado sobre el dorado trémolo del mar.

-¡Aun no ha llegado el momento! -dijo Mafarka-. Y además, yo sé un medio seguro para alejar sus maleficios. ¡Es preciso bailar y cantar ruidosamente, atracándose de bebidas embriagadoras, porque tiene miedo del tam-tam y el olor del alcohol le hace huir!

Entonces, Brafan-al-Kibir, levantando los brazos al cielo, gritó:

-¡Ah! ¡Yo sabré romper su encanto mortal!... ¡Muláh, haz venir aquí a todas las danzarinas sagradas!... ¡Después, ve a decir a Tulam que escoja en sus rebaños un cabrón negro de larga barba, un cabrón verdaderamente magnífico, y que se le ponga un collar de cuentas verdes y azules! Será conducido así, de un lado a otro del campamento, para que todos los demonios escondidos debajo de las tiendas se metan en su cuerpo... ¡Y cuando esté lleno, lo degollaremos! Entretanto ¡traed de comer a este mendigo hasta que se sacie!

Muláh salió de la tienda del capitán, para dar órdenes. Algunos esclavos rodearon a Mafarka. Brafan-al-Kibir les gritó:

-¡Anclad y traedme veinte jarras llenas de ron! Y distribuid otras a los soldados para que beban todos y se unan a sus mujeres libremente hasta la noche.

Entretanto, Mafarka-l-Bar, acurrucado en medio de varias escudillas coloradas, devoraba, sin alzar la cabeza, una gran porción de pilan, un gran pedazo de hallahua y una buena raja de coco fresco.

La luz empezaba a disminuir bajo la tienda cuando entraron las danzarinas, lentamente, con un triste y monótono tictaquear de conchillas. Vestidas con una túnica amarilla recamada de escarlata, avanzaban arrastrando los pies, con muelles estremecimientos de sus lánguidos torsos, siguiendo paso a paso a una vieja negra, que las guiaba, con un bastoncillo dc marfil en una mano, extática y solemne.

Dirigía los movimientos de aquella serpiente humana que formaba espirales, arabescos y grandes círculos elásticos, y de la cual era como la cabeza.

Las túnicas de las danzarinas hacían aire a los rostros de los guerreros, que bebían, tendidos, pasándose de uno a otro los grandes jarros llenos de ron. De cuando en cuando algún negro se levantaba para entremezclarse con las bailarinas. Estas mariposeaban y circulaban entre las filas del cortejo, con saltos convulsivos, agitando el vientre y los costados, adornados con cáscaras de frutas. Y el movimiento general se acompañaba con los sonidos de una viola de dos cuerdas de largo mango, que un enano, acurrucado en un poyato, atormentaba incansablemente. Era un instrumento bizarro, con la caja armónica formada por un caparazón de tortuga vaciada y sonoro, el cual producía un siniestro moscardoneo, como de moscas verdes que aovan en una carroña flotante.

Después, los tam-tam, los platillos, las derbukah y las benjoh prorrumpieron conjuntamente en un estallido de sonidos diversos, y la solemnidad de una danza grave y lánguida impuso su terror, emperezando poco a poco sus cadencias, mientras crecía la áspera risa de los instrumentos airados y vengativos, que parecían estrellarse todos contra el techo de la tienda para desgarrarlo a dentelladas y saltar al cielo...

Un tempestuoso batir de duras manos despertó el ritmo de la danza, que se aceleraba angustiosamente. Era un ritmo impar, despedazado, roto por sofocantes síncopas, que sobresaltaban bruscamente la respiración... Gritos lívidos segaban los labios, sonidos ásperos arañaban las gargantas y sollozos profundos agitaban los abdómenes. Al fin, bajo una vehemente ráfaga de espanto, todas las mujeres desencadenaron sus miembros, buscando la locura. En efecto, querían arrancarse del seno los últimos restos de conciencia y de voluntad...

Después, de repente, todas juntas se arrojaron de rodillas, agitando el cuerpo de derecha a izquierda, adelante y atrás, como un péndulo diabólico...

Del extremo opuesto del campamento surgían de cuando en cuando alaridos interminables de mujeres llorosas, interrumpidos por el ladrar de los perros y del vomitar gorgoteante de los borrachos.

Una nube de terror culebreaba ahora, con el cálido humo del alcohol, sobre aquel torbellino infernal.

Las más enloquecidas de las bailarinas habían salido del círculo rasgándose con furia las vestiduras, de las cuales emergían los senos humeantes sobre los cuerpecillos finos y musculosos como el bambú. Algunas lucían grupas equinas, lucientes de sudor, y pechos pequeños, duros, como de mármol. Otras negras, gráciles y oleosas, resbalaron elásticamente de aquel tórculo humano, como un pedazo de jabón se escurre entre los dedos.

Sus voces chillaban en un lúgubre y monótono desgarro de gargantas que acunaba a los cuerpos enroscados en los rincones obscuros, uno sobre otro o ya rígidos, como cadáveres, por el excesivo alcohol bebido.

Y, entretanto, la fiera música saltaba aquí y allá, azotando a las sombras tambaleantes de los guerreros negros y azules en la penumbra, en donde flotaba un hedor acre, rancio y dulzón de sexos sudorosos.

Todos los presentes respiraban el alma olorosa y selvática del cabrón maldito que en aquel momento acababa de ser degollado en alguna fosa lejana, y cuyos gemidos de agonía permanecían sofocados por el rumor inmenso que cubría a los cuatro ejércitos.

Entonces Mafarka-l-Bar sintió alrededor la inminencia de un espantable desencadenarse de concupiscencia, y, pensando que el momento de ejecutar su estratagema había llegado, se arrastró ocultamente hasta los pics de Brafan-al-Kibir, que vacilaba, embriagado, en la entrada de la tienda.

-¡Brafan, oh gran Brafan! -exclamó-. ¡Mira allá abajo, sobre el mar! ¡Hele allí! ¡Hele allí al terrible animal del vientre desgarrado! ¡Él es! ¡Es el caballo del Demonio!

Al oír estas palabras todos los negros se apresuraron a salir de la tienda, empujando y pisoteando a Mafarka, que se agarraba a los costados de Brafan.

-¡Sí! ¡Sí! ¡Le reconozco! ¡Es el caballo del Demonio que galopa sobre el mar! ¿No ves, Brafan, sus crines llameantes? ¡Sus tripas sanguinolentas inundan el cielo! ¡Pronto! ¡Apresúrate! ¡Lanza contra él tu caballería! ¡En verdad, lo juro! ¡El reino del mundo pertenece a quien sepa alcanzarle y aprisionarle por las crines!

Pero Brafan-al-Kibir no comprendía, y blandiendo con una mano una maza, con la otra una azagaya, se contorcía en mil posiciones grotescas, fijando sobre Mafarka una mirada atónita.

Los negros, borrachos, titubeaban aquí y allá como sobre el puente de un bastimento y se arracimaban a su capitán como a un árbol. Pero él los rechazaba airadamente, gritando órdenes explosivas a los guerreros de las primeras filas, erizadas de lanzas, que se desenvolvían hasta el infinito, como una serpiente boa colosal atravesada por innumerables flechas.

Los cuatro grandes ejércitos se desplegaban en la exultante locura del ocaso; rojo incendio de crines y colas, bajo una marea de grupas que se rompía, muy lejos, entre los riscos de Bab-al Futuk.

Aquellos montes se dibujaban en Oriente, en una atmósfera de oro azulado y aterido semejándose a monstruosas gemas de hielo violeta, con gargantas y valles de zafiro de un azul profundo y pensativo.

-¡Ah! ¡Brafan!... -exclamó lamentosamente Mafarka-. ¡Si yo fuera todavía ágil y robusto como en otros tiempos, cuando era joven, te rogaría que me prestases un corcel de batalla para dar caza al caballo del Demonio!... Pero la vejez me ha robado las fuerzas y ya ni tenerme puedo a caballo.

-¡No! ¡No! -gritó Brafan-al-Kibir, rompiendo a reír ruidosamente-. ¡Debes probar aún! ¡Sí! ¡Sí! ¡Optima idea! ¡Tulam! ¡Muláh! ¡Venid aquí! ¡Veréis algo muy divertido! ¡Oh mendigo que amo más que a todos los mendigos del desierto! ¡Quiero concederte un inaudito honor permitiéndote...! ¡ja! ¡ja! montar a Nebid, ¡mi gran caballo de guerra! ¡Ja, ja! ¡Sí! ¡Le montarás!

Todos los negros, tropezando en los lazos de su propia embriaguez, se precipitaron en tumulto alrededor de Brafan-al-Kibir, que había aferrado a Mafarka por medio del cuerpo.

¡Era preciso ensillar a Nebid inmediatamente! ¿En dónde estaban los mozos de cuadra?... Todos los negros se agitaban, divirtiéndose inmensamente al ver al desgraciado mendigo retorcerse de espanto a los pies de Brafan.

Muelles efluvios de azahar llegaban en lentas ráfagas desde un punto lejano de la tórrida costa, en donde formaba, excavándose, una rada fértil y bien provista. Y aquellas vastas zonas de frescos aromas eran atravesadas por la penetrante acritud de las algas putrefactas.

Brafan olfateaba voluptuosamente, gritando al oído de Mafarka facecias groseras y pueriles, que divertían cada vez más a las hordas de negros delirantes.

Al fin Nebid apareció. Era un corcel negro de anchísimo pecho. Su cuello palpitante parecía provisto de grandes alas invisibles que estuvieran a cada instante para llevarle en alto hasta el cielo.

Saltaba fogosamente, avanzando con grandes sacudidas, no obstante el esfuerzo de dos negros atléticos, que se veían obligados a correr teniéndole de los dos lados de la barbada. Los dos hombres buscaban así bajar su cuello formidable; pero tenían que colgarse de la cabeza con todo su peso para no dejarse levantar de tierra.

Nadie ignoraba en el campamento que un solo relincho de Nebid bastaba para arrastrar a la batalla a todos los caballos de los cuatro ejércitos; y por esto una gran muchedumbre de guerreros se apiñaba para asistir al inminente espectáculo.

Muchas de las danzarinas se habían sentado, estrechándose unas con otras como golondrinas, ante la puerta de la tienda escarlata.

-¡Adelante! -gritó Brafan-al-Kibir-. ¡Pronto! ¡Has hablado demasiado de caballos hoy!... ¡Pronto! ¡A la silla! ¡Necesitas resucitar tu maestría de otros tiempos! ¡Adelante! ¡Valor!

Y Mafarka lloraba desesperadamente y temblaba con todos sus miembros, suplicando a los negros que le evitasen una muerte segura.

Pero, apedreándole y cubriéndole de injurias, le habían levantado a la fuerza y le habían puesto sobre la silla. Mafarka se enroscaba, agarrándose al cuello de Nebid con los dedos crispados de terror... fue sólo un momento, porque ya los pies buscaban los estribos, mientras sus manos aferraban las riendas disimuladamente.

De repente, mordió en el cuello al caballo, que dio el mismo salto que una ola lanzada al asalto de un escollo...

Rápido, con un movimiento brusco, Mafarka-l-Bar se libertó de sus pesados andrajos, y, estrechando con fuerza entre las desnudas pantorrillas los nerviosos flancos del animal, lo disparó como una flecha. Brafan-al-Kibir quedó como clavado en el suelo, por el asombro y el terror, con los brazos y el sexo colgantes, atónitos los ojos por el prodigioso arrebato de aquella fuga inesperada. Después, el dolor le esclareció el entendimiento y prorrumpió en un terrible rugido.

Todos los capitanes le respondieron con alaridos de furor, agitando sus lanosas cabezas y sus brazos de molinos de viento.

Y el clamor creció, se propagó, se extendió gradualmente por todo el campamento, levantando una gran polvareda de gritos y sacudiendo violentamente las lanzas reunidas en haces bajo las humaredas de las calderas, que se retorcían como gigantes desollados vivos... Porque el Sol, en el ocaso, les acribillaba con sus largas flechas, exagerando la confusión de los guerreros, que corrían en todas direcciones en busca de sus cabalgaduras.

Brafan-al-Kibir, vuelto en sí al fin, había aferrado por las riendas, al azar, a un caballo alazán. Montó de un salto, y, extendiendo adelante el busto, hinchaba su ancho pecho, haciendo tronar su propia voz:

-¡A caballo! ¡A caballo! ¡Todos en línea bien formada! ¡Todos con la lanza en guardia! ¡Estrechaos como hermanos! ¡Tened bien sujeto a vuestro caballo, como una mujer abraza al esposo que la fecunda! ¡Seguiremos por todas partes al caballo de vientre desgarrado, al maldito caballo del Demonio, antes de que haya dado la vuelta al campamento! ¡Le he visto! ¡Le he visto! ¡Y he visto también al Demonio! ¡El Demonio ha pasado bajo mi tienda! ¡Estaba disfrazado de mendigo, y ha sido él quien me ha robado a Nebid! ¡Muláh! ¡Ruzum! ¡Tulam! ¡Tocad a botasillas! ¡Disponed en tres filas bien compactas vuestros tres ejércitos, para que formen un enorme frente de caballería que alcance a los dos límites del horizonte! ¡Sabed que el imperio del mundo será de quien sepa aferrar por las crines a ese animal maléfico!

El frente de los tres ejércitos reunidos se puso en movimiento en toda su anchura de cien mil codos, con sus gritos, sus lanzas y sus espadas agrupadas como los dientes de una inmensa sierra.

Muy pronto, el trote fue galope. El ala derecha, mandada por Muláh, era toda de caballos blancos, esbeltos como antílopes y espumosos de crines y colas en cascada. Se lanzó adelante, como un gran chorro de agua horizontal.

El ala izquierda, mandada por Ruzum, toda de caballos negros, hirvió en su primer ímpetu como una colosal columna de humo bituminoso, cuyos globos, rodantes y compactos, estaban formados por los cuellos y las grupas de los animales.

Después de haber atravesado un espacio de mil codos, Mafarka-l-Bar habla doblado a la derecha, aproximándose así, poco a poco, al frente de la caballería.

Nebid, reconociendo de repente las crines de sus compañeros, empezó a relinchar formidablemente.

Como todos los caballos de Brafan, de Ruzum y de Tulam respondían a aquella llamada con saludos vehementes y febriles, Mafarka-l-Bar cambió otra vez de dirección e impulsó a Nebid hacia el promontorio de Fulgam, adonde esperaba llevar consigo a los tres ejércitos.

Pero abandonó esta idea, viendo detrás de sí las dos alas, redoblando su velocidad y replegándose hacia su propio centro.

Mafarka pensó que aquellas dos grandes masas de guerreros podían exterminarse mutuamente, y continuó su carrera delante del centro, acelerando el galope de su corcel, que se animaba más y más al crepitar de la hierba seca. Tenía saltos e impulsos de pantera, y describía con el polvo levantado remolinos y arabescos amarillentos.

Mafarka-l-Bar no atendía más que a calcular el ángulo formado por las dos alas de la terrible cabalgata. Era un ángulo obtuso, pero cada vez se iba haciendo más recto. Y el héroe pensaba que cuando, al fin, llegase a ser agudo, podía quedar preso en la trampa que él mismo había construido.

Entonces desencadenó una borrasca de gritos discordantes al oído de Nebid y le mordió el cuello ferozmente; después hundió la mano en la herida sangrante y friccionó con sangre las quijadas del animal. Este, embriagado, botó como un resorte, tan violentamente, que cayó en el cieno de un pantano, en donde se hundieron profundamente sus patas anteriores.

Mafarka se libró pronto de los estribos y comenzó a levantar a Nebid, acariciándole el cuello palpitante. Cuando al fin pudo volver a montar, espoleó atrozmente al corcel, que emprendió rápido galope. Pero era ya demasiado tarde: se sintió perdido.

En efecto: las dos alas de la caballería, la blanca y la negra, que se lanzaban ahora la una contra la otra con un impulso irresistible, estaban apenas separadas por un espacio de mil codos. Los negros de Ruzum, súbitamente alucinados, gritaron:

-¡Al-Bar, Al-Bar! ¡El mar! ¡El mar! -tomando a los negros de Muláh, sobre sus níveos caballos, por escollos negros que surgiesen de un mar espumoso, cuyo olor imaginario embriagaba ya a los caballeros y a las cabalgaduras.

Después, las dos vehementes masas de hombres y de animales cargaron furiosamente una hacia otra, lanzándose cada una sobre el tumulto de gritos que oía venir de lejos, como un ciego coloso enloquecido. Los guerreros avanzaban cuanto podían el busto hacia adelante gritando estertóreamente sobre la cabeza de los caballos que la locura llevaba por las fauces hacia el matadero.

Las dos columnas de caballería rodaban así como deshechos cascos de naves sobre un océano de polvo, siniestramente erizado de lanzas, parecidas a arboladuras truncadas.

Mafarka oía alrededor batir y desgarrarse las voces como velas en un naufragio. Pero le quedaba aún una esperanza de salvación y se apoderó de ella.

Como los escuadrones del ala derecha se habían desparramado en su impulso giratorio, para sobrepasar la cresta de una colina, vio, más allá de un atrincheramiento del terreno, un espacio de cien codos, cubierto de césped, en donde corrían solos tres caballeros.

Entonces, volviendo a Nebid hacia aquel punto, lo disparó como una flecha entre un remolino de tierra y piedras levantadas.

No había que perder un instante para pasar al otro lado. Pero, poco después, esta última esperanza se desvaneció en un grito de rabia, porque los tres caballeros se habían agrupado instintivamente.

¿Cómo pasar?... Mafarka se inclinó adelante, ocultando la cara en las crines de su caballo, cuyo cuello hacía curvar con violentos tirones de riendas, y se lanzó contra el vientre del más alto de los tres negros. La lanza de éste, horizontal, pasó sobre el dorso de Mafarka, que lo echó abajo de la silla, estrechándole por la cintura en el cepo de su musculoso brazo derecho doblado. El caballero negro cayó como un gran saco de piedras, con estruendo...

¡Libertad y victoria!

Mafarka-l-Bar detuvo de un bote a Nebid, después de haber corrido aún un espacio de cien codos, y le obligó a girar sobre sí mismo.

Entonces su corazón se alegró con una embriaguez triunfal, con su negro corcel soberbio, que erguido, agitando las patas anteriores, olfateaba ya el cálido frenesí de la inminente carnicería.

Los instantes que precedieron al choque formidable parecieron interminables a Mafarka, que, ¡al fin!, pudo respirar a plenos pulmones. Sus ojos, henchidos de lágrimas de alegría, gozaban voluptuosamente de aquella tragedia de los cien mil personajes. Con un estruendo ensordecedor, las dos alas de la innumerable caballería se incrustaron una en otra.

Fue, en primer lugar, la violentísima agitación de un océano nocturno, en donde islas volcánicas nacieran prodigiosamente entre los sobresaltos y los rugidos de la marejada.

Aquí y allá se veían hervir montones de grupas palpitantes bajo un siniestro fluctuar de jinetes decapitados que, tendidos los brazos, nadaban en los ríos formados por sus cabalgaduras.

Después se formó como una monstruosa armadura de patas y crines, que se debatió largamente en un anudamiento inextricable de lanzas y se derrumbó súbitamente como una gran construcción lacustre en un lago de pez.

Pero mientras la noche africana desplegaba sobre el desierto sus vastas alas de gris terror, los vientos, sepultureros ciegos y gigantescos de tenebroso rostro, avanzaban corriendo desde todos los puntos del horizonte.

Sus mantos de lana amarilla y húmeda chillaban lúgubremente, mientras corrían por encima de la espantable hecatombe, vomitando injurias y escupitajos sobre los moribundos. Alguna vez, como por un reclamo siniestro, agitaban convulsivamente sus barbas de hierro, y entonces levantaban, a enormes paladas, la arena enrojecida por las últimas luces del crepúsculo y la lanzaban sobre el hincharse de aquella inmensa carroña.

Entretanto, allá abajo, muy lejos, ante las sombrías montañas de Bab-al-Futuk, el humo de las calderas de venenos se retorcía, rojizo, como una fabulosa serpiente, que nublaba en el alto cielo el parpadear de las ingenuas estrellas.

III LOS PERROS DEL SOL

AL día siguiente, al mediodía, Mafarka y su hermano Magamal conversaban en la terraza inferior de la ciudadela, tendidos sobre cojines de púrpura.

Sus miradas se perdían allá abajo, entre las muelles sedas del mar, en donde algunos veleros, inclinados a un lado, con todas las velas desplegadas al viento, parecían inmóviles en las ondas floridas como mariposas libando el polen de la luz.

-Somos como aquellos veleros cuyo movimiento impetuoso no se distingue más que por la poca espuma que su proa va cortando ante sí... Yo debería estar satisfecho de mí mismo y orgulloso de mi poder, que ha destruido en un solo día los dos grandes ejércitos de Brafan-al-Kibir y de Tulam. Pero ¡ay de mí! ¿Ve quizás el Sol las hordas pulverizadas a nuestro paso y las ciudades barridas por nuestro empuje?... ¡Y olvidamos por eso el amor y los benditos labios de la mujer! ¡Olvidamos, por la ronca embriaguez de la dominación, hasta los deliciosos banquetes de las sonrisas dichosas! ¿Qué quedará de nosotros cuando el Sol nos haya absorbido como los charcos de la lluvia?

-¡Oh, nada, hermano; pero me parece que no hay cosa igual al goce de hendir el corazón de nuestros enemigos como una granada madura y saborear los granos uno a uno! ¡Es tan insípido el beso de la mujer!

-¡Tienes razón! Pero ¿no sentirás nunca nostalgias de una plácida juventud que transcurre entre los halagos de la música y de los perfumes?

Apenas había pronunciado estas palabras, cuando en el otro extremo de la ciudad surgió un vocerío espantoso que se propagó rápidamente por las fortificaciones. Las trompetas de los centinelas prolongaban interminablemente sus aullidos tubulares, que perforaban la atmósfera de ceniza incandescente...

-¡Es el ejército superviviente, el de Faras-Magala! -dijo Magamal, que, con la mano extendida sobre los ojos, exploraba el dorado horizonte.

Estaban en la punta más avanzada de los bastiones, sobre la explanada de la fortaleza de Niki-Alofa, cuyas murallas, de doscientos codos de elevación, tenían un espesor de tres alturas de hombre y se adelantaban en la campiña formando un tajamar de graníticos cimientos.

Todos los capitanes del ejército de Tel-al-Kibir se habían reunido en aquel lugar, discutiendo violentamente con los centinelas, que aseguraban haber descubierto, en las panzas de la ventisca, un inmenso rebaño de canes que corría velocísimo hacia la ciudad.

La noticia parecía increíble, absurda. Mafarka escuchó un momento y exclamó:

-¡Si! ¡Sí! ¡Es verdad! ¡Los centinelas no se han engañado! ¡Hemos de combatir con perros! ¡Faras-Magala empuja contra la ciudad a todos los canes hambrientos del desierto! ¡Mirad, mirad aquel fluctuar cárdeno y negruzco! ¡No son hombres!

¡Allá, más lejos... negros a caballo, armados de picas, los empujan adelante! ¿Tendréis miedo quizás a esos perruchos? ¿Pensáis que están todos rabiosos? ¡Quizás! ¡La sequía que dura ya dos meses debe haber taladrado su estómago, y sus lenguas imagino que se han alargado más que sus colas, lamiendo el suelo! ¡Mirad, detrás de ellos, qué espuma blancuzca! ¡Es su baba, que brilla como la de las babosas en la arena! ¡Estoy seguro de que todos son rabiosos!... Sus cabezas tocan a la tierra... sus colas se repliegan entre las piernas... sus débiles ladridos... ¡Son innumerables! ¡La mordedura de esos perros es mortal! ¡Y antes de la muerte, el infierno! ¿Os hacen palidecer mis palabras? ¿Dudáis de que podamos exterminarlos a todos? ¡Capitanes! ¡Escuchadme! ¡No cambiéis de sitio las jirafas de guerra! Están bien donde están... Y sabed que los perros rabiosos marchan siempre en línea recta, guiados por un instinto misterioso. Pero no nos ven, porque sus ojos están paralíticos...

Había hablado con la precipitación de un alud y hubo de tomar aliento. Después, alzando los ojos al cielo, cantó:

-¡Juro por Aláh que aventaré de los bastiones a todos los que a ellos lleguen! ¡Adelante la primera jirafa de guerra!

Todos se lanzaron hacia la máquina para empuñar las palancas de la grúa, cuyo pernio comenzó a gemir con aullidos de animal agonizante, mientras el gran cuello del gigantesco ingenio se bajaba penosamente hasta el suelo. Un enorme peñasco rodó en las profundas fauces, de tres codos de anchura.

-¡Sepultaremos a vuestros canes sarnosos bajo pedazos de montaña! -gritó Magamal, que dirigía la maniobra-.

El peñasco saltó por encima de las cabezas, como vomitado por un volcán, y fue a caer en la llanura. Todos alzaron la cabeza para seguir con la vista su parábola... Siguió un terrible chasquido.

Un enorme abismo excavado por la peña en la inundante marea de las amarillas bestias, en donde se dibujaron círculos concéntricos que se rompían en el tajamar de la fortaleza.
-¡Magamal! ¡Magamal! -gritó Mafarka-, ¡manda que traigan otras ocho jirafas de guerra! ¡Que se enganchen a ellas doscientos cebúes! ¡Sólo por esta parte puede penetrar en la ciudad el rebaño maldito!

Y, asomado entre dos merlones, observaba la enorme resaca de aquel mar de vellones fangosos, que las bocas espumeantes moteaban de blancos agujeros, erizados de lenguas cárdenas.

Los animales se degollaban mutuamente, furibundos, con formidables saltos de simio y con encarnizamientos tetánicos, alrededor de sus siniestros pastores.

Estos eran grandes negros enteramente cubiertos de toscas pieles castañas, con la cabeza coronada de plumas escarlata y con pies anchos, como de camello.

Algunos montaban altos caballos, cuyas patas, cubiertas de cuero, chocleaban penosamente en la pez del terreno.

Parecidos a encinas quemadas por el rayo, oscilaban sobre sus cabalgaduras como raíces monstruosas y vivientes. Verdes musgos parecían crecer sobre aquellos extraños jinetes de formas vegetales, y no eran sino mezclas oleosas, cuya humedad nauseabunda repugnaba a los canes rabiosos.

Mafarka se volvió hacia la ciudad. Allá, por un sendero escarpado, avanzaba una jirafa de guerra, balanceándose torpemente detrás de los grandes cebúes que la arrastraban. Las jorobas de los cebúes eran redondas y peludas como cabezas humanas, y sus cuernos, enormemente largos, chocaban entre ellos como las copas de un banquete, bajo la jirafa, que vacilaba, atontada y ebria por el sol.

El desgarrante estridor de las ruedas y el crujir de los tendones metálicos taladraban el aire ardiente con lúgubre monotonía, interrumpida de cuando en cuando por el estruendo de las cabezas con muelles que disparaban.

Después, un espantable trueno al pie de la muralla... El enorme peñasco rebotaba en los salientes del tajamar y se precipitaba en la inmensa marea de los animales aplastados, pulverizados... Hervores de baba se levantaban tal cual vez como surtidores de agua, hasta la altura de las terrazas.

De repente, Mafarka se estremeció, calculando el continuo crecer de aquel ejército de perros, que se obstinaba en encaramarse por todas las hendiduras de la muralla en declive. ¿Tendría la fortuna de poder alinear todas las jirafas de guerra en la explanada, antes del asalto de los canes? ¡Quizás no! Y su desesperación crecía, mientras Magamal rugía las órdenes, haciendo relampaguear su fusta en el aire rojo surcado por las parábolas de las piedras. ¡Qué lentamente marchaban aquellos cebúes!

Súbitamente, como si un aliento helado y ardiente al propio tiempo le mordiera los lomos desnudos, Mafarka se volvió y vio, entre dos merlones, un perro con la enorme boca abierta hasta la desarticulación, que soplaba toda su baba lívida, con las patas contraídas en un supremo esfuerzo para dar el salto.

Mafarka le hundió derecha en la garganta su cimitarra hasta la empuñadura, y sintió el calor del vientre del animal subir por el acero de la hoja e invadirle mortalmente el brazo. ¡Imposible rescatar el arma rechazando al animal!... Se decidió a lanzarlo todo al abismo. ¡Maldición! ¡Había perdido su cimitarra, siempre victoriosa! ¿Sería un siniestro presagio?

No se detuvo en este molesto pensamiento, y asomándose a la muralla pudo ver, respirando a todo pulmón de alegría, que los perros no habían podido aún pasar los primeros saledizos de las fortificaciones.

Después atravesó la marea tumultuosa de los soldados que vigilaban la maniobra de las máquinas de guerra, comprobando el peso de los proyectiles y repartiendo órdenes precisas solamente con el fruncirse de sus cejas. De repente se detuvo, y alzando los brazos:

-¡Basta! -gritó-; ¡están demasiado cerca de nosotros! ¡Ahora es preciso rechazarlos a pedradas! ¡Haced lo que hago yo!

Todos los capitanes se habían apoderado de grandes piedras, que pasaban de las manos de uno a las de otro. Algunos se habían aproximado a Mafarka, que caminaba a zancadas por la muralla y saltaba de merlón en merlón, llevando en los brazos un enorme peñasco.

Ya a pie firme, lo arrojó sobre la manada de canes amarillos manchados de negro, relucientes de baba que enrojecía el sol, e inmediatamente se oyeron los lúgubres ladridos y las ruidosas volteretas de los que pretendían avanzar y caían abajo con las patas al aire. Algunos quedaban ensartados, vertiendo del vientre desgarrado la arena, las piedras y los cascotes devorados a la aventura a lo largo de los caminos. Otros, aplastados, colgados de los salientes de la muralla por el sangriento bandullo, mordían las patas de los que se acercaban, y éstos, locos de rabia, daban altísimos saltos como para atrapar al vuelo trozos de carne.

El basamento de la fortaleza estaba lleno de animales muertos o heridos. Los vivos, encaramándose a los montones de los muertos, estrellándose en las anfractuosidades, apoyándose unos en otros con previsora lentitud, cubrían poco a poco las murallas de hiedras monstruosas, de lepras inmundas que querían comer los ojos de la ciudad, esplendentes al sol.

De repente, Mafarka retrocedió, bajando la cabeza bajo la volteante cabriola de un perro negruzco que vino a estrellarse en la terraza.

Era enorme. Todos hicieron lugar, en círculo, con un instantáneo sobresalto, formando una corona de terror alrededor del animal inmóvil, encogido sobre el resorte de sus propias piernas.

-¡Es mío! ¡Es mío! -gritó Magamal, que llegaba por un sendero, trayendo por los cuernos un búfalo enganchado con otros veinte a una jirafa de guerra, cuya osamenta se veía a través del polvo que se elevaba en nubes, desde la ciudad-.

Hizo vibrar inmensamente la fusta que llevaba en la mano, azotando furiosamente al animal, a cuyo cuerpo se arrolló con fuerza la cuerda. Este, estrangulado, pirueteó en el aire y volvió a caer pesadamente al suelo; pero arrastró su agonía palpitante hasta los pies de su verdugo, que bailoteaba alegremente.

-¡Aléjate!-gritó Mafarka.

Demasiado tarde, pues el can, al morir, había clavado sus babosos dientes en un tobillo del joven.

-¡No es nada, hermano! ¡No me ha mordido!

-¡Extiéndete aquí -dijo Mafarka- y muéstrame tu herida!

-¡No me ha herido! -dijo Magamal, sentado en tierra, tendiendo el pie al hermano, que se había arrodillado junto a él-.

Y sonreía, enrojecido de placer por la victoria, entre lágrimas involuntarias cuyo cristal doraba el sol.

Mafarka, inclinando el rostro ensombrecido, excavó lentamente la pequeña contusión con la punta de su puñal; después tomó sus amuletos de mendigo y los aplicó sobre la llaga.

-Y ahora ¡adelante! -gritó después levantándose-. ¡Pronto, Magamal! ¡No hay tiempo que perder! ¡Es preciso agrupar y poner en movimiento todas las jirafas de guerra! ¡Manda a los soldados tirar sin descanso, sin tregua, precipitando sus movimientos! ¡Necesito que el huracán no cese ni siquiera un instante! ¿Comprendes? ¡Necesito que todos los soldados trabajen sin tomar aliento! ¿Dónde están los furgones?

-Ya llegan cargados de piedras.

-Está bien... ¿Vosotros qué hacéis?... -gritó Mafarka a los otros capitanes-. Formad una larga cadena para pasar las piedras a los que puedan lanzarlas. ¡Piedras! ¡Dadme más piedras! ¡Más todavía!

Y erguido, delante de una tronera, golpeaba el suelo con el pie, tendiendo las manos como un mendigo hambriento. De cuando en cuando se empinaba sobre un montón de proyectiles para explorar el horizonte y se volvía hacia los rayos del Sol como una fiera encerrada en jaula de oro. Al fin se decidió, y estrechando un merlón entre los musculosos brazos, como quien ahoga a un enemigo, como quien arranca un árbol centenario, lo sacudió con todas sus fuerzas para desgajarlo de la muralla.

Después, levantándolo entre sus manos apasionadas, como se levanta de tierra a un niño, se movió con flexibilidad de equilibrista, saltando sobre los montones de piedras, y erguido, alargado por la longitud de la peña, miró hacia el fluctuar de los vellones y de las bocas abiertas que se amontonaban sin cesar, entre un gran enredo de patas ensangrentadas, a seis codos más abajo, sobre los salientes del muro.

Gritó: -¡Mafarka, oh Alah!- y el entusiasmo de su fuerza victoriosa y de su valor temerario hilo tronar su voz en los anchos pulmones. A lo lejos, ecos broncíneos, acurrucados como gatos colosales, le respondieron largamente con alegría...

Plegó las piernas, para no ser arrastrado hacia adelante por el peso, y después de haber agitado tres veces el peñasco por cima de la cabeza, lo lanzó violentamente al espacio.

-¡Atrás! ¡Atrás! -gritó Magamal viendo a Mafarka recular ágilmente sin caerse-.

Y los dos hermanos se encontraron estrechamente abrazados, mientras, fuera, mil garras y mil bocas arañaban y mordían la superficie vítrea de las murallas, desplomándose al cabo en el abismo.

Las jirafas de guerra, alineadas en la plataforma, comenzaron a devastar el cielo con sus enormes cuellos con músculos de cordajes.

Magamal estaba erguido en la explanada dirigiendo la maniobra. Bailaba de alegría, aureolado por el valor, y los grandes peñascos saltaban uno después de otro, dos a dos, tres a tres, muchos cada vez, describiendo parábolas polvorosas, como planetas en torno a la faz de aquel Sol vivo, Y batía palmas, mientras los seguía con una mirada de burla en su pesada caída allá en las profundidades del foso, en donde parecían estallar sobre el fango con rugiente dolor, y se reía de los sollozos que corrían a lo lejos hasta los límites del horizonte, henchido de ladridos interminables, angustiosos.

¿No es admirable el desenvuelto ímpetu de aquel joven guerrero, tan diestro al evitar el vuelo de una piedra y tan ágil circulando entre las jirafas con graciosos saltos de gato?

-¡Ah! ¡Los negros nos arrojan canes con sus hondas de bambú! ¡Maldita invención! ¡Guardaos! ¡Guardaos!

Un vocerío espantoso estalló en la explanada al mismo tiempo que un informe haz atado con cuerdas y formado por un centenar de animales entrelazados que rechinaban los dientes. Terrible proyectil, cuyos extremos de carne sanguinolenta, como masticada, habían salvado el núcleo central... Se reventó como un huevo y se desparramaron fuera los perros ululantes.

Muktar fue el primero en lanzarse contra aquel hervidero de grupas caninas, asentando terribles tajos con su cimitarra. Golpeaba violentamente en el mentón, sin descanso, como un carnicero atareado. Pero marró un golpe, y un perro al cual solamente había cortado las patas, le saltó a la cara con la boca horriblemente abierta. Con un gran salto adelante, Muktar se libró de él, y, dignándose apenas mirar al animal que agonizaba a sus pies, se volvió hacia Mafarka:

-¡Patrón! ¡Se cumplió mi destino! ¡Permíteme ahora que vaya antes de morir a matar al negro capitán que conduce la manada de los perros!

-¡A los hombres de tu temple todo les está permitido! ¡ve, Muktar!

Entonces el gigante se arrodilló, y, alzando los brazos al cielo, rezó su plegaria. Después saludó a Mafarka y se descolgó del parapeto. Todos se asomaron entre los merlones.

Un rojo terror corría a torrentes de lava con el Sol que inundaba la llanura. Y los soldados le sentían resbalar como hielo por la espalda.

-¡Hermano! ¡Hermano! -gritó Magamal, cuyos dedos se ensangrentaban aferrándose a la piedra-.

-¿Qué tienes, Magamal? ¡Habla! ¿Por qué tiemblas así?

-¡Mafarka! ¡Quiero seguir a ese hombre! -¡No! ¡Debes quedarte junto a mí!

-¡Mafarka! ¡Las uñas me arden en el deseo de desgarrar el rostro de esos negros! ¡Necesito bajar! ¡Quiero ir! ¡Todas mis vísceras me arrastran allí!... Mi corazón vacío de amor se colma hasta rebosar de una temeridad salvaje.

-¡No! ¡No, hermano mío! ¡Deliras! ¡Debes centuplicar el ímpetu de tu valor disciplinándole con cálculos prudentes! ¡No ha sonado tu hora! ¡Deja marchar a ese hombre, al cual no quedan más que algunos días de vida! ¡Corre hacia una muerte inevitable!

-¡Pero, hermano mío! ¡Soy lo mismo que fuiste tú en el pasado! ¡Dime! ¿Te ha desilusionado el amor al peligro? ¿Sólo los muertos pueden realizar acciones gloriosas?

Entretanto, el terror plegaba todos los dorsos sobre el parapeto de los bastiones. Todos querían ver a Muktar. Pero los salientes de la muralla le ocultaban aún.

Y todos temblaban de angustia, sofocados por una terrible ansiedad.

¡Al fin, apareció, fatal y desnudo, más imponente que la única columna en pie de un templo destruido! ¡Escollo combatido por la espumante ola de los canes!

De improviso, Muktar avanzó hacia el capitán negro, que le esperaba, rígido en su gran caballo revestido de pieles verdes y pestilentes. Su marcha era altiva y noblemente cadenciosa. Alta la cabeza, fijos los ojos en el Sol cegador, sacudía con indiferencia un perro grisáceo que se le había adherido a la espalda, lo mismo que una grandísima babosa. Otro can, negro, se había colgado de su brazo derecho, a guisa de escudo; estremeciéndose de manera que el inmundo animal le daba aires de halconero.

La sorpresa y la exaltación agitaban cada vez más a los guerreros árabes, que adelantaban el busto para mejor ver, cuanto más pequeña era la distancia que separaba a los dos adversarios formidables.

Cuando hubo llegado a la sombra del gran caballo, Muktar se libertó con una rápida sacudida de los perros que llevaba encima, se dobló sobre sí mismo y se lanzó súbitamente contra el negro capitán.

El empuje fue tal, que cayó derribado de la cabalgadura bajo el peso de Muktar. Y los dos desaparecieron debajo de una nueva marea de animales ladradores.

En aquel momento Mafarka alzó la diestra gritando:

-¡Magama! ¡Detente, Magama! ¡Hemos vencido!

Cuando la cabeza de la última jirafa de guerra se replegó, vibrantes todos sus músculos, no había delante de la fortaleza más que un lago amarillento y fangoso del cual emergían hocicos convulsos.

A lo lejos, un continuo ladrar, en una nube de polvo. Erguido en la muralla, Mafarka, desnudo hasta la cintura, jadeaba de triunfante alegría, entre las gigantescas jirafas de guerra, como un almirante entre las altas arboladuras de su flota. Contemplando nostálgicamente más allá del puerto el esplendor del ocaso, soñaba con dormirse en las suntuosas nubes, cojines de púrpura amontonados sobre el tapiz de las ondas.

Y extendía el brazo para sopesar en su potente mano el maravilloso Sol de oro macizo que le ofrecía un dios invisible, allá abajo, como un premio a su victoria.

IV El premio de la victoria

La fama de la victoria había corrido a todas partes en alas de la brisa de la tarde, aireando de exquisita frescura los bronquios fuliginosos y las vísceras mugientes de la ciudad. De todas partes, por los senderos y por las calles afluentes, el pueblo, ebrio de alegría, agitado por locas esperanzas, se expandía en charlas deleitosas, mientras llegaba a los bastiones para aclamar al defensor de Tel-al-Kibir.

Mafarka esperaba a los ciudadanos junto a su hermano Magamal, en la terraza inferior de la fortalcza. Era la hora en la cual el Sol se inclina para beber en los frescos surtidores del mar.

La luz rosada de la tarde tenía la espesa y blanda transparencia de un óleo perfumado con el que ungía la brisa, con sus manos femeniles, el gran cuerpo acostado de la ciudad, como un luchador deshecho de fatiga.

Tarde melodiosa, tarde de languidez y de ternura carnal, que lentamente calmaba la musculatura formidable de las fortalezas, aún contraídas por la violencia y la sobresaltada osamenta de los bastiones.

Todos los ciudadanos, borrachos del lujo de sus vestidos de fiesta, se habían reunido en la plaza de Kayum, para ofrecer solemnemente al vencedor la corona real.

En aquella marea de entusiasmo arrollador, se había acordado que todas las doncellas de la ciudad se presentasen a Mafarka, a la cabeza del cortejo, para entregarse a su deseo, aunque sólo fuese para satisfacer el capricho de un momento. Ya avanzaban, todas vestidas con túnicas color canario, bien ceñidas al cuerpo y dejando libre el cuello. Llevaban ramos de lilas bien florecidos; pero más que su perfume, embriagaba la atmósfera su voz cantando una suave melopea, en la cual todos los pájaros canoros habían fundido sus vocalizaciones para extasiar el calor exaltante y divino de aquel crepúsculo de verano.

Las más ricas venían al trote nervioso y saltador de sus borriquillos adornados de negras gualdrapas, con largos trenzados multicolores y sartas de perlas turquíes. Y sus padres, de largas barbas ensortijadas, con turbantes de seda azul, las contemplaban de lejos, sobre los altos camellos, revestidos de sedas verdes, incrustadas de conchitas, semejantes a escollos cubiertos de algas, en la lluviosa alegría de una aurora.

El aroma torturante y ácido de la gloria hinchaba el pecho de Mafarka.

-¡No me dejes aún-decía-; no me dejes aún, Sol salvaje, Sol de energía y potencia cruel! ¡Tú arrancas de mis miembros, uno a uno, las garras de voluntad que me habías incrustado en la carne! ¡Tus rayos de roja lava me corren por las venas! ¡Mar de fuego, no huyas lejos de mí! ¡Ya no seré más que una playa de secas arenas, ya no seré nada si te marchas de mi pecho, oh Sol! Ya lo ves; mi alma es tímida... ¡No sabe acoger esta oprimente alegría y se sofoca en la marea de exquisita voluptuosidad!

Cuando las doncellas se hubieron reunido en ramilletes multicolores sobre las graderías de la terraza, Mafarka sintió en su cara la voluble caricia de un abanico de plumas, agitado dulcemente por una mano invisible. Era que movían cadenciosamente los ramos floridos, como para alejar los sueños feos de un niño dormido. Sus cabelleras, tintas con henné, estaban peinadas en apretadas trenzas contenidas en mallas formadas con moneditas de oro, cuyo tintineo cristalino seguía el ritmo de sus movimientos serpenteantes de nadadoras. Y el flujo y reflujo suaves del deseo dilataba sus negras pupilas de gacela y hacía oscilar sus bustos flexibles.

Mafarka aspiraba el aroma virginal de aquellas bellas criaturas, que le penetraba en el alma por el umbroso pórtico del recuerdo y corría por sus venas y por las cuerdas tensas de sus nervios.

El abanico de sus voces y de sus gestos le acariciaba con ideal frescura. Sentía en el pecho una mano femenil de dedos pequeñuelos y agudos, que poco a poco se contraía. Y su deliciosa angustia llegó a hacerse tan fuerte, que gritó sobresaltado:

-¡Magamal! ¡Magamal! ¿Dónde estás?

Tuvo una alegría intensa al sentir bajo la mano el calor febril del rostro de su hermano, mientras se inclinaba hacia la mies florida y palpitante de las vírgenes primaverales.

Llegaban a él en ondas aceleradas, aunque tímidas, escondiéndose unas detrás de otras, cada cual empujando a su vecina, con graciosos mohines y con ágiles contorsiones que revelaban toda la elasticidad de sus senos en flor.

Después, bruscamente, se ocultaban los ojos bajo los penachos abundantes de la cabellera, prorrumpiendo en perfumadas risas.

Así rompen a reír las flores agrestes bajo los ojos del Sol y del Viento, que corretean por los campos en primavera como estudiantes en vacaciones.

Sobre el grandioso cortejo de Mafarka florecían altísimos minaretes inverosímiles, cuyo perfil se complicaba en galerías, caballetes, arabescos y columnitas. Parecían gigantescos lirios azules, que intentasen rasgar el cielo con sus pistilos dorados, que exhalaban un acídulo perfume de sudor voluptuoso y tórrida castidad.

-Venimos a ti sin saber ni querer, por capricho o por locura. Nuestras mejillas han enrojecido de pudor; no hubiéramos osado nunca presentarnos a ti... ¡Oh! ¡Ni es amor quien nos conduce, ni menos la curiosidad! Pero la brisa de la tarde nos empuja a tus pies, como las pequeñas ondas que llegan a la playa... ¡No nos reproches: son nuestros padres los que nos mandan, y nosotras obedecemos!

Verdaderamente parecía que sus gestos lánguidos obrasen prodigios, pues aquí y allá, en el cielo turquí, las puntas afiladas de los verdes minaretes se cubrían de corolas vivientes y melodiosas, y las cúpulas de las mezquitas, manchadas de púrpura, parecían sandías tajadas.

-Traemos frutas cogidas para ti y flores a montones para refrescar tu olfato quemado por el viento de las batallas... ¡porque tú eres el libertador de Tel-al-Kibir! Sabes ganar una batalla mejor que guerrero alguno; ¡tu fuerza es terrible; tu pecho más fuerte que los bastiones de la ciudad! Nosotras no lo sabernos... nos lo han dicho... Nunca te habíamos visto... ¡Estabas siempre en las torres más altas!... ¡Tú nos desprecias por ser tan frágiles, tan inútiles, tan tímidas! ¡Tus ojazos nos dan miedo! Pero, si quieres cogernos en tus brazos, una después de otra, y llevarnos como rosas a tus labios, te dejaremos hacer... Esto gustará a nuestros padres y quizá a nosotras también un poco...

En lo alto, a cielo abierto, errantes voces batían las alas con el ímpetu loco de airones color de fuego, o dulcemente como palomas lanzadas al aire con una rosa en el pico.

De repente, Mafarka se estremeció al sentir temblar bajo su mano el rostro fraternal.

-¡Magamal! ¿Qué tienes? ¿Por qué tiemblas?

- No te preocupes, hermano... El viento de la tarde me hiela... No es nada... El canto de estas mujeres me place...

-Pero ¿por qué palideces ahora? ¡Magamal! ¡Magamal amadísimo!... Ha sonado la hora de tu alegría... ¡ve a reunirte con tu esposa y adormécete largo tiempo sobre su corazón! ¡Toma el beso de enhorabuena que te da Mafarka en nombre de Aláh!

Magamal se dejó besar sin responder. Lentamente, posó los labios en el rostro del hermano. Mafarka tembló, al ardor de aquel lúgubre beso, y siguió con triste mirada al mancebo adorado que se alejaba, y que pronto palideció; después se desvaneció como leve sombra...

Entonces la incitante sensualidad de la tarde, llegando a sus labios y a su olfato, le volvió a llevar la atención hacia las doncellas apetitosas... Con un dulce ademán les suplicó que se le aproximasen; pero ellas cantaban a toda voz, descuidadamente, con la cabeza inclinada atrás, con los ojos entornados para absorber mejor el salvaje perfume de aquel macho triunfante y dominador.

¡Acercaos y venid a mis brazos, para que pueda saborear vuestra fragante virginidad!

En aquel momento, por la magia de las noches africanas, el cielo volvió a encenderse como si el Sol fuese a retornar. Una furtiva recoloración rosada y azulina animó el paisaje, que la recibió con gritos de ingenua alegría.

Las doncellas callaron de repente, para escuchar la voz de la luz, ofreciendo a la vista sus dientes menudos y blancos como piñones; y entonces Mafarka habló con voz insinuante y aterciopelada, que parecía amasada aún con la ideal dulzura de la leche materna. Parecía, de cuando en cuando, que la brisa arrancase melodiosos pétalos a sus labios rudos.

A su alrededor las doncellas, inclinándose todas, avanzando sus cuerpos esbeltos y arqueados, esforzándose las últimas en alzar la cabeza por encima de la primera fila, parecían suspendidas, corno bananas, del tallo sabroso de su voz.

-¡Oh!... ¡Os recibo a todas! ¡Sí! Y acaricio de mil modos gentiles y expertos vuestros cuerpos, después de haberlos libertado de sus cubiertas de seda. Los adivino ardientes, jugosos y formados para las habilidades y para las violentas luchas del amor. También yo, a pesar de los mandobles dados y recibidos, a pesar de tantas noches pasadas sin dormir sobre las piedras, también yo sé cómo se encienden los deseos con las dulces caricias y cómo se domestica la picaruela gatita que escondéis entre los muslos con su hociquillo rojo, su pelo suave como la seda y su runrún bajo las caricias...

Hablaba andando. La cadencia amplia y ágil de sus pasos encantaba a las doncellas, que gemían de placer siguiendo los gestos expresivos con los que precisaba el contorno de sus ideas. Veían florecer un verdadero paraíso en los labios del rey, entre el fulgor de sus miradas, y soñaban con tenderse bajo las íntimas sombras de sus largas pestañas.

-¡Quiero haceros vibrar de voluptuosidad cosquilleando en todo vuestro cuerpo... en las plantas de los pies y en los ramitos olorosos de las axilas, que gritan de amor como perros a la luna de abril! Y sé también bromas lascivas... Las sé a centenares... E historietas alegres, para haceros caer de risa en los cojines... ¡Sí! Cuando os las cuente os oprimiréis con las dos manos la bella barriguita redonda, abriendo las piernas agitadas cómo para los adioses de la partida y estrechándose sobre su presa como las bocas de un cangrejo...

En el mes de agosto, cuando entra por las ventanas la lividez y el olor ácido del tedio; cuando el calor os ronca en los oídos con su voz de moscardón; -¡No basta, no basta estar desnudas! ¡Es menester que os despojéis también de la ardiente seda y de la lana que tenéis en vuestros senos almohadillados de picantes deseos! -¡Ah! ¡Entonces yo sé bien poner manos a la obra, restregándome fuertemente entre los muslos de las mujeres y combatiendo su gentil gruta de los placeres, hasta mataros con los fuertes golpes de mi lanzón la gatita irritada que se estira, maúlla, bosteza, se lame el pelo y calienta con su aliento todos los alrededores!

Como veis, no os desprecio por completo... Os amo y os comprendo, con toda la sed inteligente de mi carne, en la cual la vida excavó pozos profundos, áridos y tenebrosos... ¡Pero, después, seréis infelices!... ¿No es, en efecto, lo que más gusto en vosotras, el deseo de mataros? ¿Qué es, pues, lo que podéis pretender de un puñal viviente como yo? ¡Ah! ¡Perderos antes de la primera caricia, antes del primer abandono de vuestras pupilas liquidadas de pasión! ¡Ah! ¡Perderos hoy tal como estáis, cerradas en vuestra corteza de pudor!... Pero quizás pienso demasiado en el inevitable placer de desgarrárosla pronto, a largas tiras, como se monda un gran fruto tropical... Detenerse en tal punto: ¡esa es la ardiente embriaguez, la miel de mi deseo! ¡Pero está escrito que habéis de ser desgarradas por la rudeza de mi fuerza, desolladas y descuartizadas por la rueda dentada de fuego de mi lujuria egoísta y rapaz!...

¡Os quiero a todas, jugosas hijas de mi victoria! ¡Vírgenes con ojos de feliz cosecha! ¡Vírgenes con ojos de batalla ganada! ¡Premio de la sangre vertida! ¡Magnífico don de mi dilecta ciudad!

En aquel momento, un viejo tambaleante avanzó penosamente a través de la multitud agitada, que hacía lugar para que pasase. Tenía la andadura de un gran mamífero. Su nariz, ornada por un cuerno violáceo, y su amplia túnica castaña, sobrecargada de gemas, le hacían parecerse a un rinoceronte. Sin estremecerse, Mafarka reconoció enseguida en aquel viejo, Biobudana, al jeque supremo y siniestro consejero de Bubassa. ¿Qué podía temer de un cortesano tan vil y rastrero?

Con largos pasos cautelosos de jaguar fue Mafarka a su encuentro, entre la embriagadora florescencia de las vírgenes; después, inclinándose con desenvuelta elegancia, tomó, sin decir palabra, el cetro que el viejo le ofrecía temblando.

Entonces, erguido en medio de la terraza, cruzó sobre el desnudo pecho los brazos poderosos, cuya presión hizo resaltar los pectorales, sonoros escudos, y cantó:

-¡Alah! ¡Alah! ¡Alah!... ¡Agradezco al pueblo de Tel-al-Kibir el cetro que me ha dado y las vivas y perfumadas flores de sus hijas!

La gloria del Sol que muere renace en mi aurora triunfal. ¡Seréis las sombras proyectadas por mi voluntad broncínea, erecta ante la faz incandescente del Sol! ¡Me obedeceréis sin pestañear, como al Sol obedecen las sombras! ¡En nombre de Alah invito a todos los grandes de la ciudad al banquete de la coronación, en el Vientre de la Ballena!... ¡Todo el pueblo comerá esta noche a mi mesa, que se prolongará fuera de la sala en la que he de presidir, hasta más allá de la muralla, por doquiera, en las calles de la ciudad!

V El vientre de la ballena

Anochecía cuando Mafarka llegó, a galope, a la senda que serpea sobre el dorso del promontorio hasta la fortaleza de Gazr-al-Husan, cuya blanca mole giganteaba a lo lejos, bajo los rubores del crepúsculo, como una babosa colosal que tuviese el faro por cabeza, con ágiles cuernos de luz. El hedor ácido y meloso que salía de las casuchas miserables se mezclaba horriblemente, en las narices de Mafarka, con la brisa ideal que venía del mar. Así, el aliento catarroso de un viejo impotente corrompe el de una virgen en flor.

Una inquietud misteriosa vencía poco a poco al rey, mientras se sumergía en la sombra venerable de la fortaleza de Gazr-al-Husan, obra de su padre, Ras-al-Kibir, rey de los reyes africanos.

El basamento formidable de las murallas desafiaba al mar en sus carcajadas de espuma, bajo la voluntad soberana del faro nocturno que cortaba las tinieblas lejanas con sus luminosas tijeras, atestiguando para siempre el genio de su constructor.

Y Mafarka sintió correr un estremecimiento por las vísceras, al contemplar la huella terrestre de aquel semidiós que le había dado la vida la tarde misma, tal vez, de su gran victoria sobre los reyes aliados del desierto.

Su padre, efectivamente, había concebido la planta de aquellos subterráneos prodigiosos, excavados en el granito al pie del promontorio; y él mismo había dirigido la construcción de aquel antro fantástico llamado el Vientre de la Ballena, para dar en él cita a todos sus vasallos y ofrecerles el espectáculo de la agonía de sus enemigos bajo los dientes de los peces hambrientos.

¡Radiante ferocidad de una inteligencia dominadora, que dosificaba la propia voluntad fulmínea con la precisión siempre igual del Sol fecundador!

Mafarka, dejando a la derecha la vía espiral que conducía hasta el faro, se lanzó a la izquierda, sin esperar a su escolta de portadores de antorchas, por el sendero cubierto que descendía en rápida pendiente hacia el subterráneo.

Él y su caballo, entonces, se sintieron como absorbidos por la ávida boca de un horno. La crepitación de un incendio invisible le guió largamente, por corredores más intrincados que las venas del cuerpo humano, hacia un obscuro embudo, en donde el caballo se detuvo, como si las patas se le hubieran hundido en un pantano.

Mafarka no pudo distinguir nada en la humosa penumbra; pero poderosos brazos se adueñaron de sus riendas y hubo de descender de la silla.

El suelo respiraba y cedía mórbidamente bajo sus pies. ¿Habrían preparado para el triunfador un tapiz regio, improvisado con los cuerpos de los prisioneros negros?... Una gran alegría le henchía el pecho mientras pasaba bajo las agudas estalactitas de la bóveda, amenazadoras como la triple fila de dientes de una ballena.

Todos los convidados le esperaban en pie, con los brazos alzados al cielo y los rostros vueltos hacia la entrada. Al aparecer Mafarka bajo el solio, todos doblaron el cuerpo, con la muelle elegancia de un bosque de algas curvadas por la corriente.

Le parecía, en verdad, que caminaba sobre la arena viscosa de los abismos del mar. Una fuerza violenta y suave al mismo tiempo le arrastraba adelante, con la agilidad de una ligera barca. Sentía flotar su cuerpo en el verdoso rugir de aquella atmósfera cálida y casi líquida. Imaginó las masas enormes de agua que se mecían flácidamente encima de su cabeza; y esta impresión hubiese sido alucinante para él, si no hubiese oído alrededor los rasgueados de las arpas, los gritos de las inconsolables flautas, los rápidos redobles de los tamborcillos y los maullidos del benjoh.

El estrépito se multiplicaba en las bóvedas que enarcaban sus marmóreas costillas, formando el potente esqueleto de un cetáceo monstruoso.

Aquí y allá, grandes haces de banderas, alineados, se inflaban como colosales agallas. A derecha e izquierda, las paredes curvas de la sala eran de losas de cristal, cuya límpida transparencia permitía ver un acuario inmenso que se comunicaba con la profundidad del mar por medio de ingeniosas trampas.

Aquel extraño estanque estaba lleno de grandes peces, que se habían dejado coger con cebo, costeando el promontorio, y que se agitaban furiosamente, hambrientos desde el día anterior.

Casi todos los grandes reunidos en la sala, tenían los ojos fijos sobre el acuario maravilloso, que proyectaba en las mesas siniestros reflejos de corazas, de lanzas, de atletas lucientes de óleos que luchasen al sol.

Mientras los músicos invisibles comenzaban a palpar y a pellizcar los muslos y los senos melodiosos de las arpas, que se retorcían de risa o lloraban bajo sus ondeantes túnicas de acordes, Mafarka se levantó sobre un montón de cojines. Sonreía, las manos abiertas como para repartir los dones en torno, diciendo entre graciosos mohines:

-Os invito, mis hijos muy amados, a sentaros alrededor del acuario para admirar la variedad sorprendente de mis peces venenosos.

E indicaba con solemne ademán los gigantescos peces, enumerando las cualidades que los hacían temibles. Pasado un rato, dijo a sus convidados:

-Comprendo en vuestras fisonomías que comenzáis a tener hambre. Más tarde podréis continuar divirtiéndoos. ¡Puesto que esta asamblea de peces os interesa, después los veréis en actividad! Y ahora, aquí tenéis viandas con las que gozará vuestro gusto y os llenaréis la tripa.

Caminando a grandes pasos, rica la mirada y pródigo el gesto, Mafarka nombraba los platos admirables que estaban alineados en medio de la sala.

-Y no es eso todo. Tenéis también pilan exquisito... Su cochura ha sido vigilada de modo particular. También hay sorbetes de vainilla, hechos con nieve conservada mucho tiempo entre rosas; pastelillos de arroz y miel; vinos de España y Francia, coñac, ron... Todo se os servirá sin orden, para que cada uno pueda atender los caprichos de su estómago...

Se sentaron en el suelo, con las piernas cruzadas, al rededor de los manteles, bordados de narcisos y aromas. Comían golosamente, con un lánguido oscilar del cuerpo, pronunciando palabras raras alternadas con gruñidos de placer.

De cuando en cuando, sus manos, de uñas enrojecidas, se hundían en el plato del centro, como gallinas que picoteasen todas en una misma escudilla.

Mafarka, sonriendo calmosamente, dijo:

-¡En verdad, estoy notando que la alegría comienza a disminuir! ¡Que no se diga que hay alguien que se aburre en mi mesa! ¡Volveos hacia el acuario y abrid bien los ojos, que el espectáculo será digno de vuestras ilustres digestiones! ¡Portadores de antorchas! ¡Alineaos a derecha e izquierda para iluminar bien los peces!

De las limosas profundidades del acuario, dos cuerpos humanos subían nadando frenéticamente hacia la superficie. Desnudos los dos: uno, pálido, enjuto, imberbe, de una delicadeza femenil; el otro, que le seguía lentamente; tenía abultado el vientre, y sobre su cara estropeada la barba se adhería enroscada como fina hierba marina. Sus pies rojos se prolongaban en tiras sangrientas.

Ya habían alcanzado la superficie y permanecían allí, agitando febrilmente las piernas y esforzándose, con grandes sacudidas del torso y de los brazos, en dejar fuera del agua la cabeza.

Pero el espacio respirable que les quedaba era apenas de un cuarto de codo de extensión. Bebían a cada momento grandes sorbos. ¿Qué podían esperar ya aquellos pobres nadadores? ¿Dónde refugiarse? Lejos de sus enemigos implacables, tenían todavía un instante de quietud.

En efecto: los grandes peces de presa los habían perdido de vista, y buscaban ahora en las profundidades del acuario, hocicando en los rincones y golpeando las paredes con sus colas metálicas, que producían un gran chasquido.

Su agitación crecía continuamente, y el agua aceleraba poco a poco su trágico columpio, lanzando cada vez más altos los dos cuerpos contra el techo del acuario. Una ansiedad terrible retorcía de angustia la garganta de los espectadores. En aquel momento los peces descubrieron de improviso a sus dos víctimas y se lanzaron sobre ellas con la boca enormemente abierta. El más fuerte de ellos se encarnizaba contra el voluminoso cuerpo del más viejo, dentelleándole el enorme vientre, con tanta violencia que por un momento fue sumergido en el irrumpir de las vísceras, entre las cuales quedó preso el hocico, como en una red.

El cadáver desinflado se dobló sobre sí mismo, y con la cabeza abajo, cayó al fondo, deslizándose como una anguila. Al otro se le vio extenderse de costado, hundiéndose, con la boca abierta y las piernas engullidas por el otro pez, el cual, agitando con fuerza la cola, sacudió contra una pared del acuario aquel despojo fantástico y sangrante. Sin ruido, el cráneo se estrelló como un huevo contra el cristal, y los brazos del muerto se abrieron como para abrazar a los circunstantes mientras su diestra parecía esbozar un gesto de salutación.

Mafarka, estremeciéndose, se echó mano a la cintura y no encontró allí sus amuletos. Pero pronto los olvidó, para gritar a grandes voces:

-¡Por Aláh, mis queridos convidados, que el espectáculo se hace enojoso! ¡Ahora veremos admirables danzarinas!

Abdalá apareció en la puerta del fondo.

-¡Bastan dos! ¡Pero que sean más bellas que la luz de la luna en mi acuario!

-Patrón, ¡míralas! ¡Su belleza sobrehumana bastaría para perfumar un paraíso!

-¿Cómo se llaman?

-Libahbane y Babili.

-¡Oh! ¡Las conozco! ¡Eran las danzarinas preferidas de mi tío Bubbasa! Abdalá, haz que se acerquen... y echa a los músicos. Quiero un silencio absoluto. Los cánticos descomponen las viandas y estropean el sabor de la carne de mujer... ¡Demasiado veneno hay en los labios femeniles, para que haya que añadirles el de la música!

Todos los convidados se habían tendido de bruces, entre montones de frutas y el tintineo de los vasos volcados. Y el estupor les había inmovilizado, con los codos clavados en las esterillas y el mentón entre las manos, porque un escalofrío sobrenatural corría por la sala.

-¡Por Aláh! -gritó Mafarka-, ¡aléjense las luces! ¡No quiero ver a mi alrededor caras convulsas de lujuria! ¡Conviene cubrir de tinieblas el rostro humano cuando el deseo carnal le arruga y le retuerce como un paño mojado!

Los esclavos se llevaron braseros y antorchas. Pero aún se veía bastante porque dos cajas llenas de resina ardiendo habían quedado olvidadas, y sus rojizos reflejos temblaban sobre los convidados.

Las dos almeas avanzaban resbalando con la languidez de la brisa entre las hojas de los árboles. Una rica tela de hilos de oro, de viviente morbidez, ceñía todo su cuerpo menos el vientre, los brazos y los pechos, descubiertos y ungidos con una pasta fosfórea que resplandecía.

Las dos tenían negros los cabellos y la frente ceñida por una banda escarlata. Su rostro oval, de una pureza sorprendente, parecía cincelado con amor por las caricias del mar. La palidez de sus mejillas era casta y ardiente, pero sus ojos borrascosos, llenos de luces turquíes, tenían la frescura electrizada de angustia de las campiñas frecuentadas por el rayo.

Andaban con lentitud, resbalando furtivas entre los espectadores tendidos como en un campamento nocturno.

De repente, Babili vino a extenderse delante de Mafarka, y lánguidamente, con infinitas perezas, se desciñó la veste y se libró de ella como de una corteza áurea, de la que surgió el cuerpo como un fruto sabroso cuya pulpa fragante debía quemar. Libahbane se inclinó sobre ella simulando lentas caricias. Sus manos pasaban sin cesar sobre las caderas y sobre el redondo vientre de Babili, sin tocarle... Después, con sabia cadencia, sus dedos vagaron por los agudos pezones de la compañera, lucientes de fosfóreo resplandor. Y la piel aterciopelada de la pequeña almea yacente vibraba bajo aquella caricia como el mar agitado por la brisa de la tarde.

Largo rato Babili tembló de placer, con la deliciosa monotonía de un espasmo continuado... Y al fin Mafarka, levantándose sobre sus codos, exclamó:

-¡Abdalá! ¡Que den cantáridas a estas muchachas!... Jugaremos a un juego muy divertido. ¡Pero es necesaria una absoluta obscuridad! ¡Matad también esas dos luces rojas!

La orden fue cumplida. Los tizones resinosos agonizaron...

-Ahora tú, Libahbane, y tu también, Babili, ¡venid entre nosotros y escoged los machos más fuertes y más bellos!

-¡Si no los vemos!...-respondió Libahbane, con una voz leve como un humo violáceo...

-¡Ese es, precisamente, el juego!... Para escoger os guiaréis por el olfato, o mejor, obedeceréis al instinto de vuestra vulva, porque los ojos podrían engañaron, u os dejarían llevar por los recamados de mi túnica...

En las tinieblas, los alientos de los convidados silbaban airados y profundos, con babosos gorgoteos y suspiros de deseo, mientras las danzarinas pasaban saltando en la obscuridad.

Súbitamente, Mafarka sintió resbalar en sus brazos un cuerpo de mujer ardiente y gélido al mismo tiempo… ¿No era el vientre escamoso de uno de los peces del acuario, desaparecidos cuando la luna hubo declinado? Pero la boca ignota que se adormecía en la suya era suave y sinuosa: tanto, que sus vísceras se estremecieron de delicia y de terror. De un salto se irguió y rechazando a la mujer, rugió:

-¡Basta! ¡Vete! ¡Vete! ¡Esclavos! ¡Encended las antorchas! ¡Encadenad a estas mujeres y arrojadlas a los peces!

Un terrible mugido le respondió. Todos se habían levantado en la obscuridad, estrechándose unos a otros y gritando en tumulto, como pájaros enjaulados en las cámaras de un barco durante la tempestad. Mafarka se abrió paso entre la muchedumbre, a codazos, saltando de una a otra parte como una fiera.

-¡Sí! ¡Sí! ¡Arrojadlas a los peces! ¡Las amaréis mejor después de muertas!... Pero vivas..., ¡no, no! ¡No pueden seguir vivas entre nosotros!

Volviéndose hacia las almeas, las apostrofó brutalmente:

-¡Maldición! ¡Maldición! ¡Lo mismo que las moscas y las mariposas, tenéis trompas para aspirar la fuerza y el perfume del macho!... ¡Como las arañas, os coloreáis hasta tomar los matices de pétalos de rosa y exhaláis perfumes embriagadores para atraer insectos como nosotros, ávidos de flores!... ¡Os cubrís de escamas para pareceros al mar abrillantado por el Sol, y nuestra sed de frescura nos hace vuestras víctimas! ¡Os cubrís de objetos tintineantes, porque los tigres se encantan con el sonido de una campanilla! ¡Todo el veneno del infierno está en vuestras miradas, y la saliva en vuestros labios tiene reflejos que matan..., sí, que matan como puñales!

Muchas voces rugieron en la obscuridad:

-¡No! ¡No! ¡Su vida nos pertenece! ¡Son doncellas puras e inocentes! ¡Son danzarinas sagradas!

-¡Largo! -replicó Mafarka-. ¡Arrojad al acuario esas criaturas que me descomponen la sangre con la mirada!

Y mientras las antorchas volvían a lucir desapareció Abdalá, arrastrando a las dos danzarinas entre el griterío ensordecedor de la multitud...

En aquel momento, un esclavo se acercó a Mafarka y le murmuró al oído algunas palabras.

El rey palideció horriblemente, y salió de la sala como un huracán, atropellando a los convidados.

VI UARABELI-CARCHAR Y MAGAMAL

En el momento en que salían del sendero cubierto, Mafarka se detuvo para tomar aliento; después, como herido por una idea venenosa, gritó al mensajero:

-¡No he entendido bien! ¡Repíteme lo que me has dicho!

Lo había aferrado por la garganta, y lo sacudía como a un saco lleno de bestias inmundas.

-¡Patrón! ¡Que me estrangulas! ¡Soy inocente!

Mafarka dejó al esclavo, que cayó a tierra.

-¡Lo sé, lo sé que eres inocente! Pero la verdad... ¡Quiero Saber la verdad y me la ocultas!

-¡No, patrón; no te oculto nada!

Y el esclavo, sollozando, repitió su relato:

-Había mucha gente en el portal... Estaba obscuro porque nadie había pensado en encender luces... Las mujeres rugían como lobas... Yo rondaba aquí y allá preguntando qué había sucedido... ¡Nadie me respondía! De repente, Fátima se me acercó y me dijo; «Corre a la fortaleza de Gazr-al-Husam y di a Mafarka que venga inmediatamente, porque su hermano Magamal está muy enfermo.»

-¿Enfermo? ¿Qué quieres decir? ¡Enfermo! - ¡Es imposible! ¡Estaba tan bueno ayer!

Y Mafarka, con la mordedura del delirio en el corazón, se agitaba coléricamente apostrofando al esclavo.

-¿Qué haces ahí con la boca abierta? ¿No tienes un caballo? Me hace falta uno... Sin caballo no llegaremos hasta mañana... ¡Está tan lejos! ¡Al otro lado de la ciudad! ¡Llama, llama también tú! ¡Golpea las puertas y pide un caballo para el rey!

Pero en las casucas no respondían. ¡Estaban mudas como sepulcros vacíos, bajo las estrellas agonizantes en el creciente fulgor de la Luna!

Mafarka tendió el puño contra ellas rabiosamente, y vio con terror el faro que imitaba su gesto, irguiéndose como un inmenso brazo y desparramando alrededor a oleadas sus gemas luminosas.

Pero no era más que una alucinación, y el rey se restregó los ojos violentamente para librarse de las sombras que le ofuscaban el cerebro.

-¡Marchemos pronto! -gritó al fin- ¡Hay que correr!

Mafarka y su esclavo atravesaban ahora el barrio de los pescadores. En aquel dédalo de callejuelas que se retorcían y se anudaban caprichosamente, el pavimento fangoso le obligó a hacer más lenta su carrera. De cuando en cuando el esclavo golpeaba en una puerta; pero nadie daba señales de vida. Todos los hombres estaban en alta mar pescando.

En el portal de una caserna encontraron, al fin, un caballo y una antorcha, especie de pequeña caja de hierro, que tenia por mango una larga pértiga. La llenaron de resina encendida, y Mafarka saltó a la silla, espoleando violentamente a la cabalgadura. El esclavo corría a su lado, al viento su cabellera de llamas, llevando una reserva de combustible en la chilaba, que se hinchaba a la espalda como una joroba.

Se oían con intervalos los ladridos furiosos y vengativos que desolaban las tinieblas.

-Son perros rabiosos...-dijo el esclavo.

Mafarka se detuvo, suspenso el corazón.

Han entrado a centenares por las brechas de los bastiones y han mordido a mujeres y niños.

-¡Hay que exterminarlos a todos! ¡A los perros y a las personas mordidas! -exclamó Mafarka-...

Apenas había pronunciado estas palabras, cuando una ráfaga de voces roncas y agudos gritos le asaltó al volver la calle de los Armeros. Debajo, en una callejuela que terminaba en una plaza honda como un embudo, se agitaba una muchedumbre de mujeres desmelenadas, un monstruoso enredijo de brazos que hervía bajo las garras blancas de la Luna.

-¿Ves, patrón? ¡Dan caza a los perros!

Mafarka volvió a espolear su caballo, que cambiaba a cada instante de andadura, como si estuviese atacado de misteriosa angustia. De cuando en cuando erguía sus orejas; viendo correr sobre los muros blanqueados por la lechosa Luna la propia sombra desfigurada fantásticamente, y la del esclavo, que parecía morder al caballo en los calcañares como un perro...

¿No era la baba de un perro rabioso aquella luz argéntea y viscosa sobre los muros?

Mafarka hizo acelerar el galope al pasar por la desembocadura de las callejuelas en el puerto. Allá, en la infinita profundidad, el mar espumoso se retorcía, erizado el pelo, aullando como un perro. ¡Como un perro! ¡Como un perro, Mafarka sufría el terror de aquella lúgubre noche, que lo lanzaba brutalmente, vomitándole en las espaldas sus ráfagas heladas!

El rey y su esclavo entraban ahora en el barrio de los ricos. A derecha e izquierda tiendas en las que dormitaba un comerciante sentado en tierra, con las piernas cruzadas y con el cuerpo deslumbrado por la gran cantidad de lámparas encendidas. A lo lejos, aquellas tiendas parecían bocas de juglares negros, comedores de fuego.

Poco a poco, las tiendas, llenas de luz, se quedaban lejos. Aquí y allá bostezaban míseras tabernas, obscuras, medio muertas, como bocas de viejo, con una sola lámpara, semejante a un último diente amarillo y fúnebre, y delante de las puertas montones de frutas podridas, baba y nauseabundos escupitajos.

Mafarka espoleó al caballo para huir de su aliento bituminoso de pelo quemado...

Al fin, entre un gran vocerío, el rey y su esclavo entraron en el patio de la casa de Uarabeli-Charchar.

Sintió que un vago terror retorcía sus vísceras mientras hendía la turba de servidores, atareados, bajo los ojos dorados de la Luna, encaramada en lo alto de la terraza.

Delante de él fluctuaba una muchedumbre negruzca de gimientes mujeres. Tendían las manos, y de sus bocas brotaban continua y monótonamente lamentables plegarias, lastimosos alaridos.

En medio del círculo de las plañideras, una mujer de majestuosa estatura agitaba, de cuando en cuando, con una rápida vuelta sobre sí misma, los paños flotantes de su túnica negra rasgada. Alzando una varilla de marfil, regulaba el ritmo girante de las otras mujeres, que se aceleraba, entrando en la casa como un viento de borrasca, y salían penosamente, resbalando como un humo graso que alimentase fuegos de hechicería.

Sobre el umbral, un gran negro. Era Hassan, el fiel criado de Magamal. Rompía con rugidos de chacal irritado la melopea de las plañideras, injuriando a las que se atropellaban por entrar en la casa. A veces, parecía presa de un frenesí, sacudía la cabeza y en la boca abierta se veía agitarse la lengua como un reptil venenoso.

-¡Rugid, rugid más fuerte! ¿Os cansáis, bestezuelas miserables? ¿Queréis que os despierte a golpes con mi nervio de hipopótamo? ¡No! ¡No cantéis eso! ¿Qué es lo que cantáis? ¡No es verdad lo que decís! ¡Magamal no ha muerto! ¡Callad! ¡Callad, estiércol de perros! ¡Acabad de agitaros así, cadenciosamente, como lagartos! ¡Quietas todas!

Hassan corría aquí y allá, amenazando a las mujeres escupiéndole en la cara. Algunas callaban durante un momento, agazapándose delante de él y cubriéndose el rostro; después, recomenzaban pavorosamente su melopea, en cuanto se alejaba, para estrellarse contra las otras.

De repente, Hassan agarró un incensario, que agitó tres veces en el aire... Después lo arrojó a un rincón, Corrió a tomar una gran cimitarra.

Irguiéndose, entonces, cuan alto era y blandiendo el arma terrible, se accrcó al más grande de los árboles que sombreaban el patio y comenzó a cortar el tronco a tajos profundos.

Un olor penetrantíslmo de drogas surgió de la herida vegetal. Hassan gritaba:

-¡Genio maléfico! ¡Quiero ensangrentar tu faz rugosa con la hoja virgen de mi bella cimitarra! ¡Largo! ¡Sal de esta casa! ¡Te conjuro a entrar en el tronco de este árbol!

Súbitamente, por prodigio, el árbol se animó, se contorció como presa de un extraño histerismo y cayó al suelo con gran estruendo.

Pero ¿dónde estaba Uarabeli, la joven prometida de Magamal?

Mafarka penetró en la obscuridad de la cámara nupcial. Alrededor, sobre las columnas, esfinges y quimeras de granito se erguían, inmóviles, con sus barbas entrelazadas. Y al rey le pareció oír el jadear formidable de sus pulmones dilatados por el esfuerzo, como si aquellos monstruos se quisieran librar de sus vínculos pétreos para saltar adelante.

Resbaló sobre una especie de fango blanducho, sin saber lo que era. Pero un olor cálido y dulce de semen humano y de putrefacción hirió su olfato, y sus ojos, acostumbrados poco a poco a la penumbra, adivinaron los despojos de un cadáver femenil, esparcidos por todas partes, alrededor suyo, siniestramente, como, después de una flagelación.

Entonces, temblando de angustia, llamó al esclavo, que avanzó trayendo su antorcha de resina llameante.

El lecho estaba por completo embarrado de una especie de fango escarlata y parecía destruido en una lucha diabólica. Entre los cojines, calados de sangre, se descubrían mechones de cabellos, vértebras y huesos que parecían haber sido masticados por un tigre loco de lujuria.

Y Mafarka, con el corazón vacilante y como soñando, miró largamente los restos miserables, de los que trasudaba un negro olor de lujuria.

¡Nada más que aquello quedaba de la divina Uarabeli-Charchar!

Una gran mancha obscura atrajo las miradas de sus ojos, llenos de horror. Arriba, junto a la bóveda, se descubría una extraña forma encogida, adherida al capitel de una columna: un monstruo negruzco que semejaba a un tiempo a una gigantesca babosa y a un colosal pajarraco nocturno. Pero aquel monstruo tenía las contorsiones de un gorila suspendido de una rama, con el cuerpo contraído y la cabeza hundida en las espaldas.

Un hilo de baba blancuzca corría a lo largo de la columna y goteaba en las piedras del pavimento, cortando la melopea de las plañideras, que languidecía nostálgicamente, como presa del sueño. Un ladrido lejano, rojo e insistente, la interrumpió de golpe.

Entonces Mafarka reconoció súbitamente sobre el capitel el cuerpo contraído de Magamal, y cayó a tierra, retorciéndose los brazos de desesperación.

Sollozos profundos, lejanos, se desprendían penosamente de su pecho y le saltaban a la garganta, entre los dientes, que castañeteaban con violencia. Y el corazón le golpeaba, le golpeaba furiosamente entre las costillas, a derecha, a izquierda, empequeñeciéndose para buscar una salida, como un prisionero entre las barras de una reja.

-¡Ah! ¡Hermano mío! ¡Mi querido hermano! ¡Ya no me conoces y vas a morir! ¡Te envenenó la sangre la fatal mordedura, y has devorado al objeto de tu amor, a la pobre Uarabeli, tu prometida adorada! ¡Oh! ¡No! ¡No te encarnices así contra ti mismo, como la estatua del remordimiento! ¡También yo quiero morir! ¡Abrázame aún! ¡Y muérdeme si esto puede darte algún consuelo! ¡Te abro los brazos para estrecharte contra mi corazón! ¿Qué haré de mi vida sin tu sonrisa? ¿Cómo podré soportar el recuerdo de tu agonía desesperada? ¡Oh! ¡Tus manos! ¡Tus pobres manos bancas! ¡No te las muerdas así! ¡No te desgarres el pecho, contorciéndote como una serpiente! ¡Estoy aquí para darte reposo, para saciar tu hambre y tu sed! ¡Aquí tienes mis mejillas para el rencor de tus dientes! ¿Qué me importa la gloria y la corona si sólo quise conquistarlas para regalártelas como juguetes? ¡Y vas a morir sin dirigirme una mirada..., sin brindarme toda tu tristeza en el último beso..., sin confiarme tus últimas lágrimas como un tesoro!...

De repente el cuerpo de Magamal se desprendió del capitel y se estrelló contra el pavimento, al pie, de la columna...

Mafarka huyó locamente, rugiendo...

VII El discurso futurista

¡Mafarka! ¡Mafarka!

Mafarka se despertó de improviso bajo la agitada lava del ocaso del africano Sol.

Había dormido mucho tiempo en el hueco de una roca inaccesible, al fondo de una ensenada que comunicaba con el mar por un estrecho canal. A su alrededor, un hervir escarlata de las olas, ardientes de locura y de contenida rabia.

En alta mar, el galope desenfrenado de la borrasca...

- ¡Mafarka! ¡Mafarka! ¡Patrón! ¡Señor!

Se levantó dé un salto,

-¿Quién me llama allá abajo, detrás del promontorio? ¿Quién me llama entre el ronco vocear de las olas?

Un velero de púrpura y ébano apareció en el canal. Lo seguían otros tres que se balanceaban sin avanzar, cargados de marineros negros y parecidos a tinas colmadas de uva sobre los carros bamboleantes por un camino lleno de baches y rodaduras.

Los marineros gritaban todos juntos, como condenados, para luchar contra la gran voz del mar...

-¡Patrón! Nosotros, tus hermanos, tus hijos, tus compañeros en las batallas, venimos a ofrecerte... ¡ah!, ¡no!..., ¡a suplicarte que aceptes el mando supremo!

Mafarka, erguido, inmóvil, respondió escupiendo en el mar:

-¡Puah! ¡Puah! ¡Huid, raza de perros y de esclavos apaleados! ¡No tengo tiempo que perder en razonamientos con brutos, con bellacos! ¿No tenéis, pues, una idea que sea vuestra, una voluntad propia? ¡Oh! ¡Abdalá! ¡Podías haberte ahorrado este viaje! ¡Tú, mi hermano de armas...; tú, el joven capitán valerosísimo a quien he amado más que a otro alguno! ¿Qué sangre corre por tus venas? ¿De qué estás hecho para haber sentido la necesidad de lanzarte a mí como un niño entre las faldas de su madre? ¿Cómo es tu corazón para no haber experimentado nunca el deseo de matarme para ocupar mi puesto? ¿Tan larga es la vida que quieres desperdiciar la mitad pasándola de hinojos arte mí? ¡En verdad, yo he huido por miedo de envejecer con un mísero cetro entre las manos! ¡He tenido pavor de adaptarme a la declinación de la edad y de las futuras vilezas!... He tenido envidia y celos de ti y de tu juventud triunfante, que un día u otro me hubiera sobrepujado. ¿Me hablas de recobrar mi cetro? ¡Preferiría un cayado de pastor! Sé que habrán de acusarme de abandonaros sin defensa a los enemigos, después de haberme aprovechado para construir sobre vosotros mi grandeza... ¡No ciertamente para jactarme de ello, puesto que os restituyo el cetro conquistado! ¡Ya he gozado de él demasiado! ¿Qué queréis? ¡Me he saciado bien pronto!

-¡Gloria a ti, Mafarka! ¡Gloria a tu fuerza invencible! ¡Reclamamos tu brazo omnipotente!

-¿Qué haríais de él? ¡La guerra ha terminado! ¡Podéis anunciar al mundo que me he hecho constructor de pájaros mecánicos! ¿Os reís? ¡Ah! ¿No entendéis pues? ¡Construyo y pariré a mi hijo, pájaro invencible y gigantesco, que tiene grandes y flexibles alas para abrazar las estrellas! Nada tendrá poder contra él. ¡Ni las tempestades ni los rayos! Allá abajo está, en el fondo del golfo, y podéis verle... Hace treinta días que dura mi trabajo, nunca he dudado de hacer de él el hijo digno de mi alma... ¡El infinito es suyo! ¿No creéis posible tal milagro? ¡Porque no tenéis confianza en vuestras fuerzas de machos! ¡Es necesario tener la alegría y la voluntad de darse enteros al prodigio como   suicida se da al mar! ¡Con mis propias manos he esculpido mi hijo en la madera de una encina joven! ¡He encontrado una mixtura que transforma las fibras vegetales en carne viva y en músculos robustos! El rostro de mi hijo es armónico y potente, pero nadie lo ha admirado aún... ¡Trabajo en él con mi escalpelo durante la noche, a la claridad de las estrellas! De día le cubro con pieles de tigre, para que los obreros no lo manchen con sus brutales miradas... Los artífices de Milmiláh dirigidos por mí, una gran caja de hierro y encina que defenderá a mi hijo contra la rapacidad del viento. Son dos mil, lanzados a fustazos de sus pueblos y sojuzgados por mi voz... Los tejedores de Lagahurso preparan en tanto la tela robusta y ligera que revestirá las grandes alas palmeadas de mi hijo. Es una tela indestructible, tejida con fibras de palmera, y que se colora al Sol con las diversas tintas del oro, del óxido, de la sangre...

Caminaba a saltos sobre las puntas de las rocas. Su cuerpo parecía tan exento de la gravedad humana, que de cuando en cuando parecía cambiarse en libre y alado, como un águila defendiendo su nido.

-¡Transfundiré toda mi voluntad en el cuerpo joven de mi hijo! ¡Será fuerte con toda su belleza, que no fue nunca torturada por el espectáculo de la muerte! ¡Le transmitiré mi alma en un beso; habitaré en su corazón, en sus pulmones y dentro del cristal de sus ojos; me asomaré a las rojas ventanas de sus labios!... ¡Es más bello que todos los hombres y que todas las mujeres de la tierra! Su estatura colosal llega a los veinte codos, y sus brazos omnipotentes pueden agitar durante un día entero dos alas más grandes que las tiendas de los beduinos y que los techos de vuestras cabañas... ¡Y sabed que he engendrado a mi hijo sin el concurso de la vulva! ¿No me comprendéis?... Escuchadme, pues... Una tarde, súbitamente, me pregunté: ¿Necesito, quizás, gnomos que corran bajo mi pecho, como marineros bajo cubierta, para levantar mis brazos? ¿Hay, quizás, un capitán bajo la garita de mi frente para abrir mis ojos como dos lucernas? A estas dos preguntas mi espíritu infalible ha contestado: ¡No! ¡Y he inferido que es posible procrear, sin el concurso y la nauseabunda complicidad de la matriz femenina, un gigante inmortal de alas infalibles! Nuestra voluntad debe salir de nosotros para apoderarse de la materia y modificarla a nuestro capricho. Así podremos plasmar cuanto nos circunda y renovar sin fin la faz del mundo... Pronto, si fortalecéis vuestra voluntad, haréis hijos también vosotros sin recurrir a la vulva de la mujer. ¡Así he matado yo al amor, sustituyéndolo por la sublime voluptuosidad del heroísmo! ¡Esa es la nueva voluptuosidad que librará al mundo del Amor cuando yo funde la nueva religión de la Voluntad purificada y del Heroísmo cotidiano! ¡Glorifico la muerte violenta que corona la juventud, la muerte que nos coge cuando aún somos dignos de sus transportes divinos! ¡Ay del que deja envejecer su cuerpo y marchitar su espíritu!

Cuando oyó estas palabras, el hijo de Maktar se irguió gigantesco sobre el bauprés de una de las barcas y cantó estas palabras:

-¡Creo en ti, Mafarka! ¡Vas a verme morir en el esplendor triunfal de mi juventud!

Después, desde lo alto de la proa, se lanzó, abiertos los brazos, sobre una roca aguda, sobre la que quedó ensartado por mitad del cuerpo, resbalando ensangrentado como los atunes que la borrasca clava en los escollos.

Rugidos respondieron a su último lamento desgarrador.

-¡Calla! -gritó Mafarka-. Yo alzo la voz porque ni la misma Muerte tiene derecho a quitarme la palabra.

Desafiaba al viento que lo azotaba violentamente, como una muchedumbre que levanta en cien brazos a su tirano o a su libertador.

-¡Contemplad mi alma endurecida, y mis nervios ágiles y vibrantes, bajo la voluntad implacable y lúcida! Mi cerebro metalizado ve por todas partes ángulos precisos, en rígidos sistemas geométricos... Los días futuros están delante de mí, fijos, derechos y paralelos como las vías militares bien trazadas por los ejércitos de mis deseos... ¡Y el pasado de mi juventud abolido, borrado!... Yo también he gozado noches de amor en las cuales me gustaba vendarme los ojos con los frescos brazos de una virgen... ¡Y hundía la cabeza entre los perfumados senos, para no ver los remordimientos multiformes que se elevaban como nubes en el horizonte! ¡Sí! ¡El amor... la mujer... todo eso puede esconder por un momento el cielo y colmar el vacío del espacio!... ¡Pero yo he arrojado estas cosas de mi memoria! Y sin embargo, ¡cuán dulces umbrías hay en mi país, en donde la luz crepuscular es afable e íntima!... ¡Las estrellas eran tan familiares! ¡La noche tan indulgente con mi vileza!

Entre los brazos de las mujeres sentía el recuerdo de las debilidades diurnas resbalar por mis pies, subirme al corazón, cosquilleándome los nervios crispados y febriles, mientras mi imaginación tenía deliciosos sobresaltos dorados en el vuelo fugitivo de las sensaciones... ¡Todo esto es el veneno de la vida!... Entonces yo gozaba y sufría por todo: ¡por vivir y por querer, por soñar y por auscultar mi sufrimiento en la sombra! ¡Poesía! ¡Poesía! ¡Oh sublime putrefacción del alma! ¡Al fin he llegado a ser como quiero: entregado al suicidio y pronto a engendrar el dios que cada cual lleva en las propias vísceras! ¡Mi muerte es necesaria para su vida! ¡Mejor es así! ¡Oh la embriaguez de estrellarse como una cáscara de huevo, del que ha de salir el polluelo ideal! ¡Balanza de la vida y de la muerte! ¡Apresúrate a pesar mis días! Tengo en mis manos mi destino, como el cuello de un caballo fiel, pronto a llevarme donde vuela el águila de mi deseo.

¡Anunciad a la ciudad de Tel-al-Kibir que Mafarka entregará pronto el alma en la boca de su hijo Gazurmah, el invencible señor del espacio, gigante de vastas alas anaranjadas!

Mafarka corría de aquí para allá sobre las crestas de la escollera, excitando a la voluptuosidad de morir a todas aquellas vidas que se contorcían de delicia sobre el cuerpo palpitante de la gran diosa negra.

-¡Muere! -gritaba-. ¡Muere de embriaguez, carne del hombre! ¡Muere de voluptuosidad!

Tenía la voz ronca y sollozante del hombre que a fuerza de caricias impulsa a la carne de su amante adorada hasta un espasmo terrible, diciéndole: -¡Goza, goza, amor mío! ¡Goza siempre y con todo tu cuerpo! ¡Con tus tetitas y con tus dos bocas rosadas!... ¡Sufres de placer!, ¿no es verdad?... ¡Oh! ¡Sufre más aún!

Allá abajo las barcas se deslizaban, negras, danzantes y sublimes, en el turbión de la borrasca, su línea de flotación, blanca de espuma, reía descompuestamente sobre el ébano de las olas, como la boca de un negro.

VIII Los artífices de Milmiláh

EL Sol se abandonaba al mar como un nadador, cuando Habibi y Luba llegaron al bosquecillo de plátanos de los Hipogeos. Eran dos campesinas misteriosas, frágiles y pequeñas, claras, de un color de madera cortada y enlucida por el Sol. Iban ceñidas en túnicas obscuras y mórbidas. De su cara no se veía más que los negros ojos, cercados de kohl, que lucían bajo la franja de las cejas y bajo el arco lascivo del brazo desnudo, bronceado, que sujetaba encima de la cabeza un cestillo colmado de frutas. Sus cabellos negros, trenzados y con tufos en forma de higos maduros, exageraban su gracia agreste. Se insinuaron silenciosamente bajo la obscura bóveda, para esconderse detrás de las pilastras.

Inquietas, exploraron con la mirada la playa, allá abajo, en donde una gran caja de hierro aparecía, circundada por el flujo y reflujo de los hombres desnudos que se plegaban cadenciosamente a lo largo de la negra armadura, bajo el amplio círculo de los martillos que blandían.

-Aún está allí... ¿Le ves, Habibi?... ¡Mafarka es aquel hombre arrogante sobre las rocas, con la gran fusta que serpentea como una bandada de pájaros nocturnos!

-¡Querría que Guna y Gamela no nos hubieran visto!

-¡Oh! Nos hemos adelantado mucho tiempo y anochecerá antes de que lleguen aquí.

-¡Oh Habibi! ¡Dime!... ¿Vendrá Mafarka?

-¡Si! ¡Sí! ¡No ha de tardar! ¡Abrázame! Soy tan feliz como tú, si Mafarka nos ama a las dos. No sufro cuando te acaricia...

-¡Nos prefiere a todas! ¡Estoy segura! Acepta todos nuestros regalos... ¡Los que le traigo hoy son deliciosos!

-¿Qué le has traído?

-Plátanos, pastelillos perfumados de rosa y conservas de dátiles.

-Yo, vino de Siria, almendras, pistachos... ¡Cosas buenísimas! ¡Pruébalas!

-Sí, buenísimas... Pero no tiene tiempo de saborear lo que come. Todo lo engulle rápidamente, como veneno, para despacharlo en seguida.

-¿Has mirado sus ojos? ¡Cuando estamos desnudas y nos besa, parece un lobo devorando corderos! Ayer tarde me quedé sola junto a él, mientras trabajaba allá abajo... Estaba oculta detrás de una roca... De repente me vio y, dejando su hacha, se lanzó sobre mí... Yo me dejé tomar... Me tronchó de placer... ¡Después, levantándose de salto, descabalgó de mi cuerpo desnudo y volvió a su trabajo sin mirarme siquiera! ¡Pero cuán bello es ser poseída por él! Yo pasaría mi vida amándole así y viniendo todas las tardes a acostarme a sus pies... Solamente me entristezco cuando está con otras mujeres...

Habibi y Luba se habían acurrucado en la penumbra, al pie de las pilastras, y levantaban con cuidado los velos rosados que cubrían sus cestillos colmados de frutas y dulces dispuestos con arte.

En aquel momento un rumor de frescas voces anunció la llegada de las demás muchachas. Eran seis mujeres árabes, vestidas de sedas turquíes... Algunas llevaban un rapazuelo a horcajadas en la cadera, otras hacían oscilar con destreza las ánforas sobre la cabeza. Otras avanzaban con una cesta a la cintura y con dulce palpitar de los senos bajo la túnica. Su torso se enarcaba de modo que el movimiento gracioso de la cabeza descendía muellemente y se perdía en la ondulación de las nalgas bellamente redondas.

El susurro armonioso de las mujeres se fundía con el ruido del mar, formando un lamento sofocado, mientras a lo lejos se oía el rudo canto de los trabajadores...

Habibi dijo en voz baja:

-¡Oh querida mía!... ¡Cuánto deseo sus besos esta tarde!... ¿Y tú? ¡Pero tal vez prefiera a nosotras una de esas tontuelas que no le aman! ¡Siento arder de deseo mis pechos! ¡Toca! ¡Cuán duros están!

-Sí... ¿Y los míos? Mira: aquí, aquí, bajo la camisa... ¿Ves? ¡Bésame, Luba, porque tengo miedo de oír el ruido de sus rudos pasos! ¡Si supiese cuánto miedo le tengo! ¡Se dice que es un demonio, un buen demonio, y que es preciso obedecerle!

-¡A mí me han dicho que es un rey omnipotente que gobierna toda el África!

-¡Todos le obedecen, no se sabe cómo!... ¡Basta una palabra suya para que todos se arrojen a sus pies! Hay viejos decrépitos que trabajan como jovencillos... Han muerto más de ciento de cansancio.

Callaron como por encanto, súbitamente sorprendidas por el silencio de sus compañeras. E, inmóviles, con el corazón palpitante, esperaron angustiadas.

Surgió entonces Mafarka. Su estatura aparecía enorme, hasta las cornisas de las altísimas pilastras.

Cuando vio a las muchachas, les gritó:

-¿Qué hacéis aquí? ¡Marchaos! ¿No os he dicho cien veces que no debéis estar debajo de estos arcos sacrosantos?

Habibi no se movió y sin temor le respondió con una voz aflautada, tímida y lamentable:

-¡Patrón, estamos aquí por si desearas nuestras golosinas y nuestros labios!... Te hemos preparado una buena merienda...

Mafarka, con un gesto violento, alejó a las otras mujeres:

-¡Largo todas! -exclamó-.

Después, volviéndose hacia Habibi:

-Ven aquí tú, al lado de tu compañera, ¿Cómo te llamas?

-Habibi.

-Y yo, Luba.

-¿Qué me habéis traído, pequeñuelas?

-¡Oh! ¡Mira, mira, gran Mafarka, puedes escoger! -Son buenos, los plátanos son buenos.

Y se sentó, con las piernas cruzadas, entre Habibi y Luba.

-¡Tengo hambre, tengo hambre, y sed también!

¡Tengo la garganta reseca por la amarga arena! ¡Pero mi corazón se complace, porque mi hijo potente e inmortal ha nacido ya! Se llama Gazurmah... Esta tarde le hemos puesto sus bellas alas color de sol y mañana... mañana... ¡Dame de comer, Habibi! ¡Ah, si supieras!.. ¡Dadme todas esas cosas exquisitas!

Las dos muchachas reían, abandonándose a la corriente en la fresca ola de su alegría. Le enlazaban con sus brazos y le ponían entre los labios las frutas, las flores y los dulces.

-¡Bebe -dijo Habibi-; bebe, amor mío!

Inclinaba sobre Mafarka un ánfora llena de vino de Siria, que se vaciaba entre sus labios, alzando cada vez más el brazo desnudo que el Sol poniente enrojecía.

-¡Ah! ¡qué frescura, qué jardín de rosas me has puesto en la garganta!... Es, en verdad, dulce, dulce como... ¡No! ¡Menos dulce que tus labios, mi pequeña Habibi, y que los tuyos, Luba! ¿No sois celosas? ¡Mejor! ¡Así es preciso ser! ¡Nada de celos! ¿Y me amáis las dos? ¿Sí? Pues bien: es menester que os dividáis mis caricias. Tal vez me canse un poco. ¡Pero, no! ¡Soy joven, soy lo bastante joven para poder satisfaceros a las dos esta tarde! ¡Porque quiero gozar! ¡Gozar hasta saciarme! ¡Mañana, ya no existiré!

Su rostro se entenebreció... La vida pasada volvía a él, empujando adelante todas sus alegrías, nítidas y precisas. Toda la acre dulzura de la juventud desvanecida le subía a la garganta, como de los patios de la escuela salen los alegres gritos de los muchachos...

Después los ojos se le llenaron de lágrimas, que se desbordaron por las mejillas como un licor delicioso.

-¡Magamal! ¡Mi hermano adorado!... ¡Tus ojos se cerraron para siempre y murió tu sonrisa! ¡Nunca más oiré tu voz, que perfumaba de lirios el aire!... ¡Habibi! ¡Luba! ¡Niñitas felices! ¿Por qué os habéis quedado tan tristes? ¡Hay que reír siempre a mi alrededor!... ¡Enséñame tú tus teritas, duras y erguidas como si fuesen a insolentarse con el mundo entero!... ¡Ríen, ríen tus pechos y arden! ¡Y los siento hablarme cuando succiono sus puntas rosadas!... Y tú, también, descíñete la túnica, Luba... ¡Enséñame tu vientre hermosísimo! ¡No!... Espera... ¡Quiero yo mismo levantarte la falda! ¡Déjame hacer!... ¡Me gusta insinuar mis manos entre tus muslos cálidos y suaves!... ¡Oh! ¡la maravilla de tu vientre bajo mi mano abierta! ¡Cuán pequeño, cuán infantil es! ¡Es tímido y fiel como una joven esclava, como un buen pan caliente, como el Sol bajo la mano de Dios! ¿Y tu pequeña vulva? ¡Oh! ¡Se esconde la pobrecilla como una bestezuela que quiere y no quiere!... Como los cangrejos cuando el agua se retira... y después de repente ¡plan! al agua... o ¡puff! en un agujero...

¡Pero te quiero, te quiero! ¡Y te atraparé, vulvita mía! Reía, reía entre lágrimas, abrazando a Habibi por los costados... Cayó sobre ella y la estrechó contra la roca, atacándola con formidables golpes de su sexo arrollador... Su cabeza, por encima del hombro de la muchacha, se hundía entre la fruta desbordante del cesto.

Y entretanto Luba le lamía la espina dorsal, de alto a bajo, con una gracia sapiente y minuciosa...

Habibi, tendida debajo de Mafarka, sonreía de cuando en cuando para serle agradable; después, quedaba seria, con el rostro estremecido por las ráfagas del espasmo, bañado en voluptuosidad hirviente y ruda. Su boca jadeó bajo el duro huracán de jugoso placer, que inyectaba en todos sus miembros un chorro de cálida beatitud.

Finalmente Mafarka se levantó con un plátano en la boca, riendo, con los ojos y los labios húmedos.

-¡Ahora a ti, Luba! -dijo aferrando por los brazos a la compañera de Habibi.

Y rodaron a tierra, el uno sobre la otra. Mafarka se abismó de nuevo en el placer, entre contorsiones de frenética lujuria, y de repente su cabeza, combatida por la brutalidad del espasmo, se abatió sobre la espalda de la mujer.

Pero dominando de golpe sus nervios, se levantó gritando:

-¡Basta! ¡Marchaos! ¡Fuera de aquí! ¡Estoy aburrido!.... ¡No. no; pequeñuela! ¿Lloras? ¿Por qué estás ahora tan triste? ¿Me amas? ¡Oh! ¿para qué amarme así? ¡Es una locura! ¿No sabías que es imposible darme la alegría? Y además, ¿de qué me serviría la alegría si siempre está en mi corazón su rostro...,

¡el rostro de mi hermano adorado!? ¡No puedo olvidarle! ¡Es atroz! ¡Marchaos! Vuestro deseo se esfuerza, como un muchacho, en sacudir el tronco de mi alma para derribar los frutos..., ¡pero no tengo frutos que daros! ¡Marchaos! O si no... quedaos, mejor, aquí tranquilas para que os cuente una historia...

Conocí en tiempos a un constructor de naves que gastó su vida en fabricar un barco enorme y magnífico. Y todas las noches venían mujeres a ofrecerle sus labios, para consolarle en su soledad... Pero él envejecía poco a poco y su barco no se terminaba. La angustia de morir antes de haber cumplido su obra atormentaba continuamente al constructor. En una noche de tibio claro de luna, después de haberse abandonado a melancólicas voluptuosidades, se despertó bruscamente de un tirón en sus blancas barbas, presas bajo las nalgas de su última amante... Quiso librarse, pero la mujer parecía petrificada de sueño. Exasperado por el disgusto de la propia vileza, el constructor se levantó de un salto, lastimándose las mejillas y dejando la barba, arrancada, debajo del culo de la mujer. Brotó la sangre del mentón; pero al verse retratado en el espejo nacarado de un charco bajo la luna, gritó estupefacto al verse rejuvenecido en más de treinta años, ebrio de primavera y de fuerza. Su cuerpo había reflorecido. Una sola mirada le bastó para terminar el barco...

Pero ¿para qué os digo estas cosas absurdas?

¡Marchaos!... ¡Ya no tengo hambre ni sed! ¡Basta! ¡Quiero morir!

Se volvió y se encontró solo.

-¿Morir? ¡Mañana! ¡Sí! ¡Mañana moriré!

Continuaba en el crepúsculo el incesante martilleo de los operarios, entre las nubes rosadas y diáfanas que deshojaban en el mar sus agudos aromas y su frescura violeta. De repente un gran tumulto de voces roncas y odiosas se hizo oír amenazador. Era allá abajo, alrededor de las grandes alas de Gazurmah. ¿Qué había pasado?

Mafarka no alcanzaba a distinguir otra cosa que un gesticular violento y circundante en torno a la gran caja. Le pareció ver millares de simios que se esforzasen en encaramarse en lo más intrincado de una floresta de lianas, o muchos prisioneros arracimados por desesperación en las ventanas de la prisión. Pensó con sobresalto en un retornar de la marea, que hubiese invadido la escollera y arrancado los palafitos.

¡No! ¡No! Se trataba de algo muy distinto..., de una cosa mucho peor. Avanzando entre ráfagas de gritos desgarradores, constató que una lucha terrible había estallado entre los operarios constructores.

Cayó en medio del hervidero humano y se sintió levantado, zarandeado por mil puños tensos, bajo el vuelo sibilante de las hachas, que segaban hombres como espigas. El viento de la ira derribaba a su alrededor hombres de formas hercúleas, que se doblaban en dos bajo los relámpagos de las espadas.

La Muerte se agitaba en medio de aquella fantástica orgía de las mil copas desbordantes de sangre. La Muerte pasaba ágil, con su elástico caminar de copero negro, agitando su cabeza de ébano, de la cual manaban blancas carcajadas, y su crespa cabellera, empenachada de fuegos fatuos como un cementerio nocturno. Vertía al pasar el negro óleo del odio en todos los ojos para volverlos a encender; y en todas las bocas, como en los vasos de un convite, escanciaba a torrentes el ronco vino de la venganza.

Mafarka aferró su fusta, la hizo vibrar violentamente por encima de la cabeza y azotó con fuerza sobre la tumultuosa multitud, como en la grupa de un perezoso matalón.
—¡Acabad, canalla! ¡Brutos! ¿Os parece divertido el espectáculo que me ofrecéis de vuestra inmunda carnicería? ¿Es así, pues, como me agradecéis el haberos admitido a la grande, sublime obra? ¿Queréis teñir con vuestra sangre las alas divinas de mi hijo? ¡Puah! ¡No quiero! ¡Callad! ¡Sé el odio que os divide en dos campos!... Vosotros, herreros de Milmilah, trabajadores de brazos poderosos como palancas, de pechos de toro, de piernas fuertes como columnas, os afligís porque habéis acabado vuestra labor, y me guardáis rencor porque he recurrido también a los tejedores de Lagahurso, a los que despreciáis con toda la fuerza de vuestros músculos y con toda la debilidad de vuestra inteligencia... ¡Lo que habéis hecho nadie lo podría haber hecho mejor que vosotros!... ¡Lo sé y os lo agradezco! ¡La gloria iluminará siempre los fuelles tonantes que son vuestros pechos!

Un ruidoso anhelar de alegría cortó la palabra a Mafarka, que iba y venía con la agilidad de un tigre entre el vocerío de los herreros amotinados.

—¡Gloria a Mafarka! ¡Te besamos las rodillas y te formamos con nuestros cuerpos el tapiz de tu sueño y tu seguridad! Pero, Mafarka... ¡líbranos de esos intrusos!

—¡No! ¡No! —gritó Mafarka—. ¡No son intrusos! ¡Debéis reconocerlos como hermanos!

—¡No se nos parecen en nada, con sus cuerpos de mujerzuelas despreciables! ¡Permítenos que los arrojemos de aquí!

—¡No! ¡No! —gritó Mafarka más fuerte aún—. Yo aplaudo el metódico trabajo de su inteligencia. Saben, mejor que vosotros, trenzar las fibras de la palmera, coser la tela y fijarla sobre las largas costillas flexibles de las amplias alas... Las tripas de hato que regulan el vuelo las han preparado ellos... ¡Tienen el sutil ingenio que a vosotros os falta! ¡Andad! ¡Calmaos! ¡Bebed juntos todos, en amor y compaña! Y después, dormid... ¡Mañana, al alba, os invito al gran espectáculo de la partida!

Todos los herreros se amansaron como fieras domadas; después encendieron lentamente sus rojos fuegos entre las sombras inmensificadas de las rocas. Algunos se tendían ya a lo largo de los palafitos de la inmensa jaula. Otros se agitaban aún, llenos de rencor, tendiendo los puños hacia los tejedores de Lagahurso, que se habían reunido a la izquierda, haciendo oración por sus muertos.

El borboteo de sus voces se fundía con los lamentos cansados del mar, que suspiraba y lloraba en todas las venas y en todos los poros de los escollos, como en un cuerpo humano.

De cuando en cuando, estallaba una formidable carcajada. Eran los herreros, que escarnecían e insultaban con facecias pueriles a los tejedores, débiles y temblorosos. Estos, acurrucados unos junto a otros, murmuraban bajo la risa brutal de sus enemigos, estremeciéndose al sentir pasar el helado aliento de la Muerte.

IX El nacimiento de Gazurmah, el héroe vigilante

Mafarka retornó lentamente hacia los hipogeos; pero el alma le huía del pecho, como una arena finísima, y la voluntad le había volado, muy alta, muy alta, hasta las nubes, como una golondrina.

De repente, sintió tras de sí pasos furtivos, de una agilidad de leopardo, entre las hojas, que le seguían levantando un olor verde y penetrante, de menta salvaje.

Se volvió. No; no era el viento ni un animal noctívago. Una negra sombra estaba junto a él, una forma humana que respiraba, una mujer, cuyo rostro emergía de la noche: un rostro perlino, deslumbrante, iluminado por el recuerdo de un claro de luna gozado en la infancia lejana... Una cabellera negra y apasionada, rebelde sobre la nuca, le ondeaba feliz sobre la espalda esbelta y nerviosa, Abrió sus grandes ojos lucientes, de seda violeta, y repartió a su alrededor la cálida ternura de su mirada infantil. Sus labios, medio cerrados, suspiraban nostálgicamente:

-¡Mafarka! ¡Mafarka!

Y ocurrió algo sobrenatural. Escuchándole, el alma de Mafarka perdió la noción del silencio, convertido repentinamente en una cosa inconcebible. El mundo, los siglos, la luz, todo... todo comenzaba con aquella voz que le acariciaba amorosamente, como las manos de una amante a la fuerza varonil. Sus manitas desnudas sugerían toda la desnudez ardiente de su carne. Mafarka sentía ya encima, dentro de sí mismo, aquel cuerpo atrayente; y aquellos pies blancos, ocultos a veces bajo la obscura túnica, eran tan vaporosos, tan dulces a la mirada, que hubiera querido tenerlos sobre su cara, en su propia boca, encaprichado con ellos.

Bajo el sedoso manto de aquella mirada, Mafarka se sintió, por un momento, cogido, aprisionado para siempre... No deseaba nada más en el mundo; le parecía tener entre las manos, como un tesoro, la alegría, la alegría de las alegrías... Y su garganta fue atenazada por el tormento de una sed insoportable, ante la dulzura fresca y melosa de aquellos labios, que se entreabrían sobre un poco de blanca voluptuosidad. El jugo de los frutos del paraíso...

Le acometió un fuerte deseo de llorar.

-¿De dónde vienes, divina angustia..., rosa arrancada del cielo de la tormenta de mi corazón?

-Vengo de las azules profundidades de tu adolescencia. ¡Me llamo Colubbi! ¡Me has amado mucho las noches de tus jornadas infaustas!

-¡No sé qué hacer contigo, pues esta noche es la de un bello día triunfal!

-¡Vengo a perfumar tus labios para el beso que te espera!

-¿Conoces, pues, mi secreto?... ¡Y quieres prepararme a la muerte! ¡Ah! ¿Has olfateado ya la divina descomposición de mi cuerpo?

De un salto, Mafarka se le echó encima y la estrechó entre sus brazos tan violentamente, que las pesadas trenzas de la mujer se desanudaron, fluyendo. Ella no le temió, dejó hacer, plegándose a la violencia para adherirse al cuerpo de Mafarka con una presión lenta y deliciosa de todos los miembros, que parecían liquidarse sin dejar de ser sólidos y fuertes. El gracioso vientre de aquella mujer tenía como un incomprensible anhelo voluptuoso hacia el cielo... Y parecía que sus pechos, menudos y juveniles, estaban prontos a levantar el vuelo...

Mafarka estaba ya ebrio de nostalgia.

-¡Ah! ¡No! ¡Aléjate! ¡Vete! - gritó, rechazándola -. ¿Qué tienes? ¿Qué ocultas en ti para que yo me sienta sacudir y retorcer así hasta mis raíces?

Toda la desnudez ardiente y fatal de Colubbi gritaba impetuosamente bajo la túnica casta y severa, y su sensualidad era tanto más obsesionante, cuanto sus gestos más pretendían hacerla olvidar.

Sus pechos se irritaban y suplicaban, ofreciéndose y oponiéndose al deseo, alternativamente, sin moverse, con imperceptibles cambios de expresión, como su rostro, cálido y nacarado; como sus ojos, por los que pasaban la lánguida tibieza de las lluvias primaverales, la espada de una idea cruel, las vaguedades de los abismos y de los cielos lejanos.

Y Mafarka sentía llegar una oleada de suaves perfumes y de sabores azucarados que le traía la brisa conmovida y gimiente, con gestos a un tiempo tiernos y violentos, pero incansables, incesantes, repetidos, dulcísimos, demasiado dulces, tan dulces, que gritó de dolor:

-¡Ah! ¡No! ¡Ven! ¡Acércate! ¡Más! ¡Más! ¡Entre mis brazos!...
¡El viento del deseo me sacude el alma como la puerta de

una casa abandonada! ¡Tengo frío! ¡Ven a mi pecho! ¡Tiene tu cuerpo maneras tan graciosas de hacerse el nido en mi corazón como en un lecho! ¡No! ¡No! ¡Aleja tu boca! ¡Aléjala! ¡Sonríe, sonríe solamente, con lentitud, así, como se levanta el velo de una lámpara! ¡Dime tu secreto! ¡No quiero tus besos! ¡No! ¡Aún no quiero morir! ¡Será mañana cuando deba morir!

Ella se ofrecía nostálgicamente, con estremecimientos de alegría, lo mismo que una barca se abandona al mar que la toma, la acaricia, la abraza y la lleva lejos, al azul, a la cambiante frescura del horizonte.

Mafarka se arrodilló en la arena, mientras sus manos vagaban sobre los costados de la mujer, que le arrastraba lánguidamente a tierra.

Colubbi se plegaba entre los poderosos brazos del héroe, y su blanco rostro se posaba sobre el movimiento del brazo con el cual ella ceñía su cuello. Parecía adormecida en suave éxtasis; pero trataba de atraer con dulce esfuerzo furtivo aquella boca sensual y adorada hacia las flores de sus senos, cuyo aroma de acacia se salpimentaba con el olor a clavo exhalado de las axilas.

Pero Mafarka evitó aquella insidia embriagadora, y, levantándose sobre el codo, se puso a mirar a la mujer amorosamente en los ojos.

-¡Belleza refrigerante, fuente vegetal de enloquecedoras dulzuras! Tengo tu cuerpo bajo mis labios, como una taza... Después de diez años de camino sobre el desierto, con los pies quemados por las ardientes arenas, ¡te encuentro al fin! Te buscaba por todas partes, corriendo de una en otra palmera, arrojándome furiosamente dondequiera que hubiese sombra, como una bestia perseguida, para sustraerme a las mordeduras incandescentes del Sol y a su respiración polvorienta y ardorosa. Déjame lamer tu cuerpo, desde las raíces a los más altos ramos. ¡Déjame morder tus pechos lucientes de gomas sabrosas y tus brazos, que, como lianas, me enlazan el cuello! El torrente del tiempo se ha parado ante tus cándidos pies, ha formado alrededor de tu túnica un lago inmóvil, en el cual puedo mirar reflejada mi fuerza por toda la eternidad... ¡Oh! ¡Ya no temo la fealdad y la decrepitud! La vejez no puede alcanzar a quienes tú ames...

Entretanto, con un movimiento lentísimo de su brazo mórbido y terrible, Colubbi atraía hacia su seno la boca de Mafarka... Pero de repente exclamó:

-¡Oh! ¡No hagas el gesto de mi madre! ¡Tus pechos están malditos y exhaustos! ¡Vete!

Y Mafarka se arrojó sobre la mujer, que se libró de sus brazos con la flexibilidad del humo.

-¡Oh! ¡Mafarka! ¡Mafarka! ¿Por qué me golpeas así con tu voz y con tu dura mirada? ¡Ámame! Me llamo Colubbi y no puedo dar sino besos, como las plantas dan flores y lluvia las nubes... ¡El odio y la bondad se mezclan en tus ojos! ¿Sufres mucho, amor mío?

Súbitamente, presa de una ira sorda, Mafarka se lanzó sobre ella, injuriándola:

-¡Atrás! ¡Te conozco, siniestra pastora de hienas! ¡Vete lejos de aquí con tu rebaño nutrido de sesos putrefactos! ¡No te permitiré que veas a mi hijo! ¡Mi hijo me pertenece a mí solo! ¡Yo le he hecho el cuerpo! ¡Yo le doy vida con sólo el esfuerzo de mi voluntad! ¡No te he llamado para ayudarme! ¡No te he tendido supina para inyectarte en los ovarios, con restregamientos de placer, la divina simiente! ¡Aún la tengo aquí en mi corazón y en mi cerebro! ¡He de ser yo solo quien dé vida a mi hijo! ¡Vete! ¡No quiero que ensucies con tus ojos su impetuosa juventud!

¡Vete! ¡Cúbrete la cara y no te desnudes! ¡Esconde tus senos!
La ruda voz del héroe luchaba con las bruscas oleadas de
terror que agitaban las aguas.

-¡Oh mar fétido y nauseabundo, colmado de vida humana,
que trasudas y gritas el comercio y la avaricia económica de
los hombres! ¡Mar oprimido por la vanidad bufonesca de los
navegantes! ¡Yo te auguro que te ha de secar la voracidad de
sus ojos de mercachifles! ¡No te confiaré mi hijo como una
bala de algodón o un saco de harina! ¡Te desafiará, burlándose
de ti, volando rápido, ofreciendo la boca a las estrellas!

Colubbi había desaparecido a lo lejos, entre el tumulto de
las ondas vociferantes.

Mafarka subió por una escalera de mano hasta el borde de
la amplia matriz de piedra en la que estaba la gran jaula férrea.
Llegó hasta la altura de la cabeza de Gazurmah, contemplando
con una sonrisa de sobrehumana alegría la gigantesca musculatura de su hijo, que parecía dormido bajo las pesadas pieles
de tigre. Sólo las dos alas sobresalían, largamente extendidas
sobre un hábil enrejado de acero, de bambú y de nervios de
hipopótamo. Su tejido, que tenía al sol un esplendor anaran-
jado, parecía muerto y terroso en la penumbra.

-¡Hijo mío! -gritó Mafarka-, ¡eres potente y bello! ¡Bendigo
mi sagrado Orgullo, porque mis manos no han sido inferiores
a su misión! ¡Temía no saber dar a tu rostro la armonía ideal!

-¡Oh, la alegría de haberte creado así, bello y puro de todos
los defectos que provienen de la vulva maléfica y predispo-
nen a la decrepitud y a la muerte! ¡Eres inmortal, hijo mío,
héroe sin sueño! Te he construido encadenando tus vértebras
en flexible columna, para que tu fuerza corra veloz hasta tu
miembro formidable y bronceado, que sabrá perforar el pubis
ardiente y húmedo de las doncellas.

Cuando Mafarka hubo pronunciado estas palabras, el miembro metálico y ahumado de Gazurmah se tornó rígido como una espada. Una oleada de vida pareció recorrer de pies a cabeza el gigante recién nacido, agitando sus músculos, desbordantes de la ruda piel. Sus ojos lanzaron una salvaje mirada hacia un punto invisible, allá abajo, detrás de las rocas.

Mafarka, mordido por extraños celos, se volvió. En la penumbra, entre dos escollos, reconoció los grandes ojos obscuros de Colubbi, que brillaban como gemas. ¡Ella espiaba furtivamente el nacimiento de Gazurmah!

Entonces el héroe sintió hervir en sus vísceras una cólera insoportable, cogió una piedra y la lanzó a la mujer. Esta la esquivó ágilmente y, abandonándose a las olas, se fue nadando de costado y cantando una irónica canción:

-¡Oh! te perdono, Mafarka, que así quieras lapidar a la madre de tu hijo... ¡Es mi hijo, lo sabes, porque su primera mirada fue para mí! ¡Me he sentido liquidar de placer bajo la ruda caricia de sus ojos! ¡Y es también mi amante y me he abandonado a todos sus deseos en esa primera mirada!... ¿Lo ves? ¡Ahora gozo atrozmente bajo su fuerza de macho que sueña con matarme vaciando sus venas en las mías!

Y Mafarka vio con horror a Colubbi supina y con la cabeza vuelta, con las facciones distendidas por el espasmo, bajo el resplandor de un incendio de pasiones. Las aletas de su nariz temblaban y su pecho jadeaba. Estrechaba las piernas, una contra otra, en un esfuerzo de contacto voluptuoso, y sus brazos nadaban, rechazando las ondas demasiado abrumadoras de placer...

-¡Sabes que mis ojos se abandonan al ideal! Sabes que mis caricias hacen florecer la voluptuosidad en el ramillete de los nervios, como el perfume hace florecer el recuerdo, como la sombra nutre el sabor amargo de la venganza... ¡Si me matas, renaceré, renaceré sin cesar en el corazón de tu hijo, como un impuro veneno de miedo y de amor!

Estas palabras abofetearon violentamente a Mafarka. Todo giró a su alrededor y, cerrando los ojos, sintió huir la tierra bajo sus pies.

Cuando hubo recobrado las riendas de su propia voluntad, de su propia conciencia, sus ojos lloraban abundantemente y sus vísceras temblaban de amargura y de ternura exquisitas, porque la alegría y el dolor abrasaban y helaban alternativamente sus venas. Inmóvil, caídos los brazos a lo largo del cuerpo, contemplaba a su hijo, inclinado adelante con los ojos fijos allá abajo, en los escollos, detrás de los cuales la figura de Colubbi había desaparecido.

Mafarka callaba. Sintió que alguien le mordía en la nuca con agudos dientes de lava.

Se volvió. Lejísimos, allá abajo, en la extremidad del horizonte, el Sol, serpiente de brasa, hirió el blanco espacio con su lengua de oro envenenada...

Entonces, en el hemiciclo de las grandes escolleras, que temblaban ante la invasión de la caricia solar, el frenesí de los frenesíes atenazó la garganta a Mafarka, que gritó tres veces:

−¡Gazurmah! ¡Gazurmah! ¡Gazurmah! ¡He aquí mi alma!... ¡Tiéndeme los labios y abre la boca a mi beso!

Y saltó al cuello de su hijo y acercó la propia boca a la boca esculpida.

El cuerpo formidable de Gazurmah se estremeció violentamente y sus alas poderosas se dispararon, rompiendo las paredes de la jaula... Como un caballo de guerra sacude las flechas que se le lanzan a la grupa, como un mendigo que finge ser cojo arroja lejos las muletas cuando sale de la ciudad... así el más bello de los pájaros de la tierra se libertó de las amarras que lo aprisionaban. Pero no pudo lanzarse al espacio, porque su padre se había colgado de su cuello como un pesado collar de ternura.

Al fin, Mafarka separó la boca de la de su hijo; y reía de gozo al ver los labios de madera ablandarse y temblar, coloreándose de sangre escarlata. Sentía henchirse, bajo el propio pecho, el de su hijo, vigorosamente, como la onda bajo el vientre del nadador.

-¡Oh! ¡Hijo mío! ¡Otro beso, para que yo me vierta en ti! ¡No me rechaces! ¿Estás cansado de mí como de un vestido demasiado atildado, del que nos desembarazamos para arrojarnos al mar?

¡Recuerda mis consejos! ¡Pero apresúrate a olvidar las líneas de mi rostro!... ¡Vendrá un día, quizás no tardando, en el que te esforzarás en vano para reevocar las formas de mi cuerpo, y mi gesto favorito, y el color de mis ojos! ¡Y te dolerá no haberme amado bastante y no haber acariciado más mis mejillas!... ¡No llores entonces! O, por lo menos, apresúrate a enjugar las lágrimas que desbordarán de tus párpados... ¡Porque debes conservar tu alegría inagotable!... ¡Pero tu belleza me ultraja, me hiere, me ciega!... ¡Me matas, hijo mío! ¡Me matas! ¡Muero de celos por ti!

Gazurmah no podía contener el rebelde corazón, que golpeaba impaciente su ancho pecho. Bruscamente se balanceó con fuerza, y, al fin, arrojó lejos a su padre, como un toro enfurecido se libra del yugo.

Mafarka cayó inerte sobre las rocas, estrellándose, como un paño mojado...

Y entonces las grandes alas anaranjadas tronaron, como el tam-tam del templo, en el gran hemiciclo de la escollera. Gazurmah se lanzó adelante entre las mandíbulas reventadas de la jaula.

Sus pies vehementes golpeaban sobre los bordes tapizados de algas de la enorme matriz de piedra; después, su pecho rasgó súbitamente la seda ondulante dei mar. Una gran carcajada de espumas le regó el rostro, y de un salto voló en el espacio.

Un ser vivo y desnudo avanzaba hacia él, nadando penosamente.

Parecía quebrantado y moribundo.

Mientras aquel ser miserable se encaramaba por un escollo a flor de agua, Gazurmah se estremeció de cruel alegría reconociendo a Colubbi. Tendida, con los brazos abiertos, llamaba a voces a su implacable amante.

-¡De ti espero la muerte! ¡Hijo mío! ¡Mi amante!... ¡Mátame, ya que he asistido a tu nacimiento divino!

Un gran estruendo. Gemidos de olas heridas y sollozantes... Un pesado chorro de sangre se estrelló como un rojo penacho contra el pecho de Gazurmah, que, con un gran impulso de sus alas, se elevó hasta el cielo... Tan rápidamente, que apenas oyó, muy lejano, la muriente voz de Colubbi murmurar así:

-¡Me has despedazado el corazón bajo tus costillas de bronce! ¡Pero, matándome, has matado a la Tierra... la Tierra! ¡Dentro de poco oirás su primer estertor de agonía!

El mar, a lo lejos, jadeaba de contenida rabia, bajo los peñascos de lava que el Sol fugitivo le lanzaba en las pausas angustiosas de su carrera.

Súbitamente, al cambiar la marcha de su vuelo, una melodía suave y extraña acarició los oídos de Gazurmah.

Comprendió que surgía de sus alas, más vivas y sonoras que dos arpas, y, ebrio de entusiasmo, se divertía combinando aquellas armoniosas cadencias, languideciendo las vibraciones y cada vez impulsando más a lo alto las vueltas de la exaltada melodía...

Así, la gran esperanza del mundo, el gran ensueño de la música total, se realizaba finalmente en las alas de Gazurmah... ¡El vuelo de todos los cantares de la Tierra se sublimaba en su amplio remar inspirado! ¡Divina aspiración de la Poesía! ¡Anhelo de fluidez! ¡Nobles consejos de los humos y de las llamas!

Y Gazurmah ascendía. La melodía entusiasta y suave de sus alas anaranjadas había amansado a un ejército de cóndores que le seguía por el cielo, larga banda continuamente anudada y desanudada...